JN141124

大和維新

植松三十里

新潮社

目次

大和維新

1　サナトリウム

「憲吉《けんきち》、見てみい、上り列車が来るで」

富本《とみもと》憲吉は松並木の中で足を止め、今村勤三《いまむらきんぞう》がステッキで示す方向を見た。大正六年の秋晴れの下、海に突き出した岬の向こうから、蒸気機関車が姿を現したところだった。

岬から手前に向かって、白い砂浜が見事な弧《こ》を描く。それと平行し、緑の山と青い海の間のわずかな平地に、銀色の線路が伸びている。その上を、蒸気機関車が灰色の煙を引きずりながら、こちらに向かって力強く進みくる。

憲吉は近年、名前が売れ始めた造形作家だ。こんな景色を見ると、反射的にスケッチブックを革鞄から取り出し、すぐに鉛筆を構える。すでに三十を越えているが、美術界では、まだ若手だ。

しかし、ろくに描き進まないうちに、シュッシュッという音が聞こえ始め、漆黒《しっこく》の機関車の姿がたちまち大きくなって、すぐ目の前に迫ってきた。

憲吉は黒煙に巻かれると気づき、慌てて鉛筆を放り出して、鞄とスケッチブックを脇に抱えた。そして麻の背広のポケットから白いハンカチーフを取り出して、急いで口と鼻に押し当てた。

すさまじい轟音とともに、列車は目前を通過する。風にあおられて、かぶっていたカンカン帽が飛びそうになる。急いで鞄を抱え直し、どうにか帽子を押さえた。

続いて巨大な煙の塊に襲われ、思わず顔をそむけた。機関車の後には、何両もの客車が連なり、けたたましい音を立てながら通り過ぎていく。

最後尾が行き過ぎて周囲の煙が薄まり、ようやく帽子から手を離した。列車は神戸方面に向かって遠のいていく。

憲吉はひと息ついてから、ハンカチーフで背広の肩の煤《すす》を払い、銀縁の眼鏡《めがね》を外してレンズをぬぐった。西洋人の血でも混じっているのではと疑われるほど、彫りの深い顔立ちで、その高い鼻梁《びりょう》に眼鏡をかけ直す。

ふと見ると、単衣《ひとえ》の羽織袴《はおりはかま》姿の今村勤三は、松の大木の根元で仁王立ちになって、列車を見送っていた。片手に風呂敷包みを下げ、もう片方でステッキをついている。

いつもは白髪頭の下の眼光が鋭いが、今日は珍しく和《なご》んでいた。

「ええなあ、汽車は」

憲吉はスケッチする気を失い、鉛筆を拾い上げて、スケッチブックと一緒に鞄に突っ込んだ。

「ついさっき、須磨《すま》の駅まで乗ってきたばっかりやないですか。だいいち汽車なんか珍しないでしょう」

「いや、海沿いで見る汽車は格別や」

今村勤三は六十七歳だが、ちょうど三十年前に奈良県を大阪府から独立させ、代議士も務めた。何より奈良鉄道の創業者であり、紡績会社の経営にも携わる。

ふたたび勤三はステッキをつきながら、緑濃い松並木の中を歩き始めた。

「まあ、大和《やまと》には海がないのが珠《たま》に瑕《きず》やな」

奈良県を作った張本人なのに、いまだに大和という古い国名を口にする。憲吉は後を追いながら、からかい気味に言った。

「おっちゃんは古い言葉を使わはるのに、海やら汽車やらが好きて、いくつになっても子供みたいやな」

「そういう憲吉かて、わしをおっちゃん呼ばわりで、子供の頃のまんまやないか」

憲吉にとって勤三は幼馴染の父親だ。富本家も今村家も、奈良盆地のただ中にある安堵《あんど》村で、かつては交互に庄屋を務めた家柄だ。屋敷も近所だし、子供の頃から家族ぐるみで慣れ親しんできた。特に十二歳で父を亡くした憲吉にとっては、勤三は父親代わりともいうべき存在だった。

「まあ、いくつになっても、おっちゃんはおっちゃんですわ。今さら呼び方、変えられへんし」

「そんなら大和いうんも、今さら変えられへんで。だいいち誇り高い地名や。わしは、ほんまは大和県にしたかったんやけどな。いろいろあって奈良県になってしもうたんや」

勤三は不満そうに言ってから、ステッキの先を山の方に向けた。

「そこが療養所に行く登り口や」

「えらい急な坂ですな」

「まあ、結核の病人がおるとこやから、人里離れた山ん中に建てたんやろな」

ふたりは松並木から外れて、坂道に入った。裾野からいきなり急坂で、憲吉はすぐに息が上がる。眼鏡を外して、何度も鼻や額の汗を拭いた。

勤三は歳の割に足取りが軽い。さっさと先に登り、背中を向けたままで聞く。

「おまえ、近頃は何を作っとる?」

「何て、焼物や染物や版画や、いろいろやってますで」

「まだ、ひとつに決めんのか」

「焼物には力を入れてますけど、ひとつに決めることはないと思うてます。暮らしに広く役立つのが僕の理想やし。それに今は精神的放浪生活というか」

「精神的放浪？　また、ええかっこしよって」

いつもながら勤三は手厳しい。なおも、こちらを向かずに聞く。

「まだ百貨店で、いろんなもん売っとるんか」

「まだ」という言葉に引っかかりを覚えたが、気にしない風を装って答えた。

「一昨年《おととし》は東京の三越で展示即売会をやりましたけど、今年は東京の神田の画廊で、女房とふたり展をやりました」

憲吉の妻である一枝《かずえ》も絵描きで、「青鞜《せいとう》」という雑誌の表紙絵や文章原稿も描く。「青鞜」は「新しい女」と呼ばれる女たちが、執筆から編集まで手がける急進的な女性誌だ。

「去年は何しとった？」

「去年こそ、精神的に放浪してました」

「つまりは売る場がなかったんやな」

容赦なく聞く。

「で、今度の神田の画廊じゃ、売れたんか」

「僕は焼物を出して、そこそこ売れましたよ。女房の絵も評判は悪《わる》ないですし」

「白磁《はくじ》はどうやった？」

「あれはあかんのです。どうも客の好みに合わへんようで」

「土臭い方が売れるんか」

「まあ、そうですな」

憲吉は従来の焼物師のように、既存の窯元《かまもと》に弟子入りして技術を身につけたわけではない。必要に応じて窯元を訪れるなどして、独学で進んできた。そのために作風がひとつではなく、大きく分けて三種類ある。

ひとつは手びねりの楽焼《らくやき》で、厚手のごつい素地に、西洋的な色彩感覚で絵やアルファベットを描き入れる。今までにない色と図柄、それに素朴な風合いの取り合わせが斬新で、百貨店の即売会でも画廊の個展でも、よく売れていく。

ふたつめは磁器の皿などに、淡彩の藍《あい》を用いて、朴訥《ぼくとつ》な絵を描いたものだ。これも絵に味があるからと、染付《そめつけ》を好む客層に受ける。

みっつめが轆轤《ろくろ》を使って、完璧な形にこだわった白磁だ。ふっくらと洗練された形状の壺や鉢で、やわらかく不透明な釉面《ゆうめん》を出すために、土や窯の温度などに苦労し、ようやく技法を確立した自信作だ。

しかし勤三のように、よほど見る目のある者には誉められるが、一般には売りにくい。中国や朝鮮の骨董品と比べられて、低く見られがちだった。

ふいに勤三が振り返って言った。

「あの白磁の壺に絵でも描いてみたらどうや」

憲吉は首を横に振った。

「いや、僕の絵は素朴やし、白磁の整うた雰囲気には合わんのです」

「そしたら、あれに合うような、きちんとした絵でも柄でも考えたらええやないか」

「そんなん描けたら、苦労しませんがな」

憲吉は生まれつき左利きだったのを、幼い頃に無理やり右に矯正されたことが尾を引いて、今もって繊細な絵を描く自信がない。

「けど、おまえやったらできると思うで。イギリスまで行ったんやし」

憲吉は地元の高等小学校を終えてから、安堵村と奈良市との中間にある郡山《こおりやま》中学に進学し、その後、上野の東京美術学校を経て、ロンドンに留学した。手びねりにアルファベットを描き入れるのは、ロンドン暮らしの名残りだ。

「留学はしましたけど、イギリスの工芸品や模様の真似をするのは嫌やし」

「いや、真似をせえて言うてるわけやない」

「まあ、白磁は売れんでもええんです。楽焼が売れる限り、食うていけますし」

「それがいつまで売れるかやな」

憲吉は痛いところを突かれて口を閉ざした。

すると勤三はステッキで坂の上を指し示した。

「その先や、療養所は」

坂道が大きく湾曲している。

さらに登っていくと、湾曲の先で視界が開け、大きな木造の西洋館が現れた。それが須磨浦《すまうら》病院だった。明治中期に正岡子規《まさおかしき》が入院していたことでも知られる結核療養所だ。

勤三は玄関脇の受付で、見舞客用の書類に記入し、勝手知ったる様子で消毒薬くさい廊下を進んでいく。薄暗くいちばん奥まった部屋の前で、真鍮《しんちゅう》製の丸いドアノブをつかんで声をかけた。

「わしや。邪魔するで」

勤三が勢いよく開けると、二十歳《はたち》そこそこの品のいい女が迎えた。ていねいに腰を折って挨拶する。

「お義父《とう》さん、よく来てくださいました」

「今日は憲吉も連れてきたで。荒男《あらお》の具合は、どないや」

「ここのところ顔色もよくなってます」

荒男は勤三の四男で、憲吉の幼馴染だ。女は妻のハルで、一昨年に結婚したばかりだが、荒男が去年発病して以来、ここで付き添っている。

憲吉が勤三に続いて病室に入ると、窓際のベッドに横たわった荒男が、弱々しく声をかけた。

「憲吉、遠くから、すまんな。忙しいんやろ」

子供の頃から優しげな顔立ちで、荒男という名前が似合わなかったが、病気でいよいよその印象が強まっている。

ハルに勧められ、ベッド脇の椅子に腰かけた。

「いや、さほど忙しいわけやない。しばらくは展覧会もあらへんし」

勤三も別の椅子に座りながら口を挟んだ。

「荒男、気を使わんでもええ。憲吉は近頃、精神的放浪生活をしてるそうや」

荒男が怪訝《けげん》そうに聞き返す。

「精神的、放浪?」

「要するに暇やゆうことや」

憲吉は苦笑した。

「せやから忙しないて言いましたやろ」

そして荒男に顔を向けた。

「けど夏に展覧会があって、それまではバタバタしてたんや。早うに見舞いに来れんで、すまんかったな」

荒男が入院してから、かれこれ一年が経つ。早く見舞いに来ようと思いつつ、つい先延ばしにしていたのだ。

荒男は力なく首を横に振った。

「いや、来てくれて嬉しいで。見ての通り、なんもできんから退屈やし」

ハルの手を借りて起き上がろうとしたが、いきなり激しく咳《せ》き込《こ》み始めた。

憲吉は慌てて引き止めた。

「起きんでええ。寝とったらええて」

荒男は咳き込みながら、またベッドに横になった。

勤三が持参の風呂敷包みを、ハルに差し出した。

「これ、見舞いの牛肉や。神戸で汽車を降りて買《こ》うてきた。すき焼きでもして、荒男に力つけさせたって」

ハルは東京の元男爵家の令嬢らしく、きれいな東京言葉で礼を言った。

「お気遣い頂いて、ありがとうございます」

憲吉と荒男は幼馴染というだけでなく、郡山中学でも同級だった。入学当初は憲吉の方が成績抜群だったが、いつしか逆転され、荒男は東京帝国大学の医学部に進学した。そのまま帝大の伝染病研究所に就職したものの、気づけば本人が結核に感染してしまっていた。

憲吉にしてみれば、かけがえのない友人の病気を受け入れがたい心情があった。そのために、なかなか見舞いに来る気にならなかったが、今回は勤三に捕まって、ほぼ強制的に連れてこられたのだ。

けれど来てみれば、一年経ってもベッドから起きられないとは、予想外の重症だった。

荒男は横たわったままで憲吉に聞いた。

「最近は何を作ってるんや」

さっきの質問と同じだけに、勤三の耳を意識しながら答えた。

「焼物したり、染物したり、いろいろやってはいるけどな、どれもパッとせえへん」

病気の荒男に自慢めいたことは言いたくなかったし、半分は本音でもあった。

「パッとせえへんて、なんでや」

「いちばん気に入ってる白磁は、中国や朝鮮の真似《まね》やて言われるし、いちばん売れてる手びねりの楽焼も、人の真似やて言われるし」

勤三には話さなかったが、それが今いちばん腹立たしいことだった。

「人の真似て、そいつが、おまえのを真似したんと違うんか」

「まあ、影響し合《お》うてるのは確かやけどな」

憲吉は腰かけたまま足を組んだ。

「バーナード・リーチゆうイギリス人でな、いわば僕の工芸仲間や。一緒に陶芸を始めたし、作風が似てるて言う者《もん》もおる。自分らは、まるで別物と思うてるんやけどな」

バーナード・リーチは、憲吉がロンドンから帰国した後で知り合った工芸家だ。

「むこうは外人さんで印象が強いし、僕が真似したて、陰口を言う者もおるんや」

初めて焼物を手がけた時は、たがいに遊び感覚だった。たまたま、ふたりともアルファベットで文字を描き入れたのだが、他人は憲吉が真似たと思いこむ。

荒男は眉をしかめた。

「外人さんやったら、たしかに、おまえの方が分《ぶ》が悪いな」

無用な心配をかけたかと、憲吉は笑顔を作った。

「けど、いずれは誰が見ても、富本憲吉の作品やてわかるもんを作るつもりや。さっきも、おっちゃんに言われたんや。白磁の壺に合う柄でも考えたらどうやて」

すると荒男は小刻みにうなずいた。

「きっとできるで。富本憲吉は天才やし」

「そら買いかぶりや。おまえは昔から、そう言うけどな。それより次に個展を開く時には、荒男も見に来てな」

「行く。きっと行くで。かならず元気になって見に行くさかいに、それまでに富本憲吉ならではの作品、作っといてな」

言葉に力がこもり、やせ細った手を掛け布団の中から差し出す。その手をつかむと、熱があるのがわかった。荒男は力を込めて握り返してくる。

「かならず元気になって、富本憲吉の作品、見に行くし、かならず研究にも復帰する。僕は、こんなところで終わらへん」

瞳が潤んでいる。憲吉は思いがけないほど心が揺さぶられた。言葉とは裏腹に、本当は不安に違いなかった。入院生活が長引いて苛立ちも抱えている。だからこそ決意を口にするのだ。

「僕は病気になったからこそ、患者の気持ちがわかるようになったし、これを絶対に研究に生かすんや」

憲吉は友の手を、両手で包んで握り返した。

「わかった。僕も頑張って、ええ作品を作って、おまえに見せたるからな」

「僕かて、おまえに差をつけられんように頑張るで。負けへんからな」

かすかに列車の汽笛が聞こえた。

荒男は手の力を抜かず、いつまでも放そうとしない。まぶたの際が光っている。久しぶりに会った友人に置いていかれるのがつらいのだ。

それまで黙っていた勤三が、袴の帯に通した紐を手繰《たぐ》って、懐中時計を取り出した。

「そろそろ行くか。今から歩いてったら、須磨の駅で大阪行に間に合うで」

鉄道人らしく運行時刻は頭に入っているらしい。

ようやく荒男が手を放し、少し声を震わせた。

「来てくれて、おおきにありがとう」

憲吉は感情を抑えて立ち上がった。

「また来るで」

「無理せんでええ」

また明るい声に戻った。

「それより個展や。大阪か京都の一流の画廊でやってな。東京の銀座でも開いてくれ」

「よっしゃ。世間をあっと驚かせたる」

「その頃、僕は帝大に戻って、助教授くらいにはなっとるやろ。自慢の幼馴染の作品、ふたつみっつ買うたるからな」

ふたりは顔を見合わせて笑った。

だが急に喉元に熱いものが込み上げ、涙がこぼれそうになった。慌てて目を瞬いて枕元から離れ、ハルが差し出すカンカン帽を、うつむき加減で受け取る。

勤三がドアの方に向かいながら言った。

「荒男、わしはまた来るからな」

荒男は冗談めかして答えた。

「お父さんこそ来んでええ」

全員が笑い出し、ハルが玄関の外まで見送りに出た。

「また来てください。あの人、遠慮してますけど、来て頂けるのが何よりの励みですし」

「あんたも無理せんでな。また女中を寄越すさかいに、たまには交代して、うちでのんびりせなえよ。あんたに病気が伝染《うつ》ってしもうたら、わしは、あんたの実家に顔向けができんようになる」

「いいえ、大丈夫です。私には、あの人のそばが、いちばん落ち着きますし」

荒男とハルは、結婚してから東京で世帯を持った。ハルは関西で暮らしたことはなく、今村家に滞在したからといって、のんびり落ち着けるはずはない。たしかに、ここにしか居場所はなかった。

深々と頭を下げるハルと別れ、さっき登ってきた道を、またふたり並んで下った。

憲吉は歩きながら、重い気持ちを勤三の背中にぶつけた。

「あいつ一年経っても、まだ熱があって、ほんまによくなるんやろか」

勤三は返事をしない。

「医者はなんて言うてはるんですか」

すると少しいまいましげな口ぶりの答えが返ってきた。

「本人が元気になるて言うてるんやから、あの歳で死にはせえへんやろ。それに元気になるて、わしらが信じてやらへんかったら、誰が信じてやるんや」

今度は憲吉が黙り込む番だった。父親としても不安に違いない。悪い質問をしてしまったと悔いた。

まして本人は、どれほど不安か。三十そこそこの働き盛りに、治る保証もないまま、こんな山の中で、無為に日を送らねばならないとは。だからこそ憲吉を励ましつつ、自分自身をも鼓舞しているのだ。

憲吉は友が哀れで、また目を瞬きながら坂を降りた。

帰りの客車は四人向い合せの座席で、憲吉は勤三と差し向かいで窓際に座った。車内は込んでおらず、隣に人は来ない。

車窓からは海が見え隠れする。列車は須磨の海岸沿いから、神戸方面へと向かっていた。

「わしは芸術には素人やけどな」

勤三が単衣の袖の中で腕を組み、窓の外に顔を向けて、ふいに話し出した。

「芸術家の作品には、その人の考えや生き方が現れるもんなんやろ」

「そらそうですけど」

「そんなら、おまえのええかっこしいなとこを、意識して作品に表したらどうや。そしたら焼物でも染物でも、おまえならではの作品ができるんと違うか」

勤三には何もかも見抜かれており、言い返せない。ええかっこしいという言葉が、単なる悪口ではないことも承知している。

精神的放浪の件のみならず、たしかに自分には格好をつける癖《くせ》がある。人に弱みは見せないし、頑張っているところも見せない。子供の頃から大概のことは苦もなくできたし、たとえ陰で頑張ったとしても、楽々できたように振る舞ってしまう。

今日、バーナード・リーチの真似うんぬんと打ち明けたのは、相手が荒男であり、まして病人だったからだ。

ええかっこしいならではの作品というのは、やはり素朴な楽焼ではなく、洗練された白磁を求めているに違いなかった。その意図は理解できても、これだという答えは容易には見つからない。

車輪が線路の継ぎ目を越える音が、がたんごとんと耳につく。勤三が組んでいた腕をほどいた。

「荒男に約束したんやからな。誰が見ても富本憲吉のやて、わかる物を作らなあかんで」

憲吉は目を伏せはしたが、はっきりと答えた。

「もちろん、そのつもりですわ」

「おまえは、暮らしに広く役立つのが理想やて言うけどな。もう三十も過ぎたんやし、あれこれ手を広げんで、そろそろ陶芸一本に絞る時期やないか」

さっきも言われたことを蒸し返されて、さすがに顔を上げて語気を強めた。

「けど、そういうおっちゃんかて、あれやこれや、やらはったやないですか。代議士やったり、鉄道やったり、紡績やったり」

「そら、いろいろしたけどな。おまえの気まぐれとは違う。わしは一本、筋を通してきたつもりや」

「どんな筋ですか」

「ただただ大和のために働いてきた。その時々で手段が変っただけや」

憲吉は突っかかったところで、この年寄りには敵わないと気づいて、ぷいと窓の外を向いた。まだ青い海の景色が続いている。

すると勤三は話題を変えた。

「おまえ、ハルの祖父さんが何者やったか、知っとるか」

素っ気なく答えた。

「男爵ですやろ」

「男爵になる、ずっと前や」

そんな昔のことなど知らないと言いかけたが、先に勤三が話し始めた。

「あれの祖父さんは、土佐出身の石田英吉《いしだえいきち》さんゆうてな、天誅組《てんちゅうぐみ》の生き残りや」

あまりに意外な話に、つい聞き返した。

「天誅組て、全滅したんやないんですか」

「何人かは逃げ切った。その後、石田さんは坂本龍馬ゆう人の仲間になって、海援隊ゆう土佐の海軍に入った。それで明治維新に功績があって、男爵を授からはったんや」

「へえ」

「わしが子供の頃に、大和の誇りを教えてくれはった人も天誅組やった。伴林光平《ともばやしみつひら》ゆうてな、この人は逃げ切られへんで、京都で首をはねられた」

ふたたび勤三は窓の外に顔を向けた。

「あれは、わしが十三の時やった。最初は天誅組やのうて、皇軍御先鋒隊てゆうてたんやけどな」

　そしてまた憲吉に視線を戻した。

「なあ、憲吉、わしの自慢話を聞かんか。わしが、なんで大和のために生きてきたか。きっと、おまえのためになるで」

　勤三は返事を待つそぶりもなく、勝手に話し始めた。

「ことの始まりは、明治維新の五年前、文久三年の八月十七日や。八月ゆうても旧暦やし、もう秋の盛りやった」

2　天誅組挙兵

河内長野《かわちながの》の豪農の家から使いの男が安堵村の今村家まで走ってきたのは、八月十六日の夜だった。男は激しい息で肩を上下させながら告げた。

「皇軍御先鋒隊が到着しはりました。明日の昼前には、河内の観心寺《かんしんじ》で旗揚げになりますんで、そっちに来てください」

尊皇の志士たちが密かに京都で集合して、大坂や堺を経て内陸へと進み、今夜は河内長野で一泊するという。

「これから隊に加わりたい者や、支援を申し出る者は、観心寺に集合せよゆうことです」

旗揚げ後は、さらに南東に進んで、南大和の五条代官所に討ち入る計画だった。

使いが来た翌早朝、まだ夜も開けないうちに、勤三は伯父《おじ》の今村文吾《ぶんご》とともに屋敷を出た。

勤三の父は安堵村の庄屋を務めており、その兄に当たる文吾は、同じ屋敷内で医者を営み、私塾も開いている。屋敷は二家族のほかに、大勢の奉公人も一緒に暮らしているが、充分な広さがあった。

文吾は髷《まげ》は白髪交じりで、医者らしく知的で上品な顔立ちだ。夜明け前の暗がりの中、手には提灯《ちょうちん》を持ち、ふところには軍資金を携えている。

一方、勤三は、いまだ前髪立《まえがみだ》ちながら、切れ長の目尻がきりりと上がり、いかにもきかん気の少年だ。木製の薬箱の上に、風呂敷包みをくくりつけて背負い、伯父の後ろをついて歩く。

伯父甥《おい》ふたりは、村から半里ほど西にある法隆寺に立ち寄って、境内の外れにある苫屋《とまや》を訪ねた。伴林光平の住まいだ。

勤三は戸口の前で胸を張り、変声期前の甲高《かんだか》い声を張り上げた。

「先生、お迎えに上がりましたッ」

だが苫屋は空《から》だった。隣に住む寺男を起こして聞くと、大坂に行ったきり、まだ戻っていないという。

伴林はもとは僧侶だったが、今は学問の素養を生かし、文吾の塾に招かれて、定期的に国学や和歌の指導にやって来る。それ以外の日には京都や大坂に出て、宮家や寺社、豪商などに出入りして、尊皇攘夷の思想を広めていた。

今年五十一歳だが、ずっと若く見える。上背《うわぜい》があり、文武に秀でた偉丈夫《いじょうふ》で、槍や刀も軽々と使う。勤三は読み書きから漢籍の素読《そどく》、木刀や槍の構え方まで、伴林の教えを受けて育った。

「この子は見どころがある。先々は、きっと大物になるぞ」

まさに尊敬と憧れの対象である伴林から、そんなふうに言われるのが、勤三は何より嬉しかった。

文吾が空の苫屋の前から離れ、心配そうに西方向を見た。

「まだ帰ってけえへんで、観心寺の旗揚げに間に合うやろか」

文吾と勤三は軍資金と薬を届けるだけだが、伴林は隊士として加わることになっている。

「とにかく、わしらは先に行こ。追いかけて来るやろ」

先に行くと寺男に伝言を頼んで、出発した。

大和の盆地の外れまで進み、葛城山《かつらぎさん》の山並みを越えて河内国へ入る。観心寺は山坂を下った裾野にあるはずだった。昨夜、皇軍御先鋒隊が泊まったという河内長野から、五条代官所に向かう途中だ。

しばらく前に、伴林から皇軍御先鋒隊に加わるつもりだと打ち明けられた時、文吾も即座に同行を望んだ。

「老い先短い身や。命を惜しまずに戦うさかいに、わしも馳《は》せ参《さん》じさせてくれ」

文吾は伴林よりも五つ上の五十六歳で、武術の心得もある。勤三も目を輝かせた。

「俺も連れてってくださいッ。五条の悪代官を懲《こ》らしめたるッ」

しかし伴林に説き伏せられた。

「御先鋒隊は実力行使も辞さん。けど、わしかてこの歳やし、足手まといになるかもしれん」

ほかの隊士たちは二十代から三十代が多く、伴林が最高齢になりそうだという。

「それに代官所に討ち入った後は、きっと怪我人が出る。今村さんは医者として、その時に来てくれ。勤三も薬箱を持って、一緒に来るがええ」

文吾は深くうなずいた。

「わかった。そんなら、まずは軍資金を出さしてくれ」

「そしたら、わしと旗揚げの場に出向いて、大将にお渡しせえ。日が決まったら、すぐに知らせるさかいに」

その後、隊士の中に医術の心得のある者がいるとわかり、薬も軍資金とともに届けることになったのだ。

昼前に観心寺に着くと、ここから隊に加わるという侍が三人、本堂に向かう幅広の石段に座っていた。御先鋒隊はまだ到着していないという。

文吾も石段の下で腰を下ろしたが、勤三は落ち着いていられない。

「御先鋒隊が来るのを、門の外で見張っててもええかな」

文吾は甥の元気な様子に目を細めた。

「ああ、来たら、大声で教えてくれよ」

勤三は薬箱と風呂敷包みを背中から下ろして、軽い足取りで石段を駆け下り、門から飛び出した。街道の北に目をやり、今や遅しと待ち構えた。

しばらくすると彼方から侍の姿が見えた。ひとりふたりではなく、後に続々と続いてくる。馬のいななきも聞こえた。

勤三は急いで山門内に駆け込み、石段に向かって声を張り上げた。

「来たッ。御先鋒隊が来ましたでッ」

三人の侍が立ち上がり、石段を駆け下りてきた。勤三は薬箱の背負い紐をつかみ、文吾は風呂敷包みを持って、ふたりで門の右側に控えた。

勤三が土の上に正座すると、文吾は甥の膝の上に風呂敷包みを載せて、結び目を解いた。現れたのは、真っ白な晒《さらし》に包まれた白木の三方《さんぽう》と、筒状に丸めた奉書紙《ほうしょがみ》だ。ていねいに晒を外し、三方の上に奉書紙を広げる。

続いて文吾は、ふところから袱紗《ふくさ》包みを取り出し、こちらも袱紗をはいだ。中身は紙包みの小判が四つで、すべて奉書紙の上に載せる。ひとつが二十五両ずつ封印されており、今村家の田畑を担保にして、大坂の両替商から借りた金だ。

行列の足音と馬のいななきが近づき、先頭が山門から入ってくる。向かいの三人が片膝立てで頭を下げた。

文吾も両手を前について迎えた。勤三は三方を持ったまま、できるだけ頭を下げた。

山門から御先鋒隊が続々と入ってくる気配がして、馬の蹄《ひづめ》の音が石段の手前で止まる。誰かが下馬して言った。

「待たせたな。顔を上げえ」

文吾が上半身を起こすのを真似て、勤三も顔を上げた。

馬のかたわらには、ひと目で並ではないと知れる若者が立っており、みずから名乗った。

「皇軍御先鋒隊の大将、中山忠光《なかやまただみつ》だ」

錦の陣羽織姿で、きわめて顔立ちが整い、全身から光でも放っているかのような、特別な雰囲気が漂っていた。

伴林の話では、次の帝の叔父にあたる方だという。中山忠光の姉が、帝の寵愛を受けて皇子《みこ》を生んだのだ。まだ十九歳の貴公子ながらも、豪胆な性格で、皇軍御先鋒隊を率いることになったと聞いている。

「馳せ参じた者は、ここで名乗れ」

促された三人が、それぞれ何藩の某《なにがし》と名乗り始めた。

「よう来た」

中山忠光がいちいち声をかけ、背後に控えた侍が帳面を開いて、矢立《やたて》で氏名を書きつける。

三人が名乗り終えると、今度は文吾が勤三を促して前に進み出た。

「大和国安堵村の今村文吾と、甥の勤三でございます。恐れながら少しでも役に立てて頂きたく、わずかではございますが、用脚《ようきゃく》と薬を持参いたしました」

用脚とは金のことだ。

中山忠光が形のいいあごを引いた。

「ええ心がけや。さぞや帝も、お慶びにならはるやろ」

勤三がせいいっぱい腕を伸ばして三方を差し出すと、中山忠光のかたわらにいた侍が近づいて、小判をつかみ上げた。

「百両、たしかに受け取った」

文吾は侍に言った。

「薬も持参しました。お医者さまがおいでやと聞いておりますんで、お渡しできればと思います」

「ならば旗揚げの後で、医者に受け取らせる」

侍がそう言った直後に、中山忠光が隊士たちを振り返って、声を張り上げた。

「行くでッ。大楠公《だいなんこう》の首塚で旗揚げじゃッ」

それを合図に、一同が石段を登り始めた。

都から進軍してきた五、六十人に、河内長野で十数名が加わり、さらにここで三人が加わって、いよいよ意気盛んだ。

勤三は薬箱を背負い直し、最後尾を追った。石段を登りながら伯父に小声で聞いた。

「大楠公て誰や。なんで首塚なんかで旗揚げするんやろ」

文吾は足を止めずに答えた。

「大楠公ゆうのは楠木正成《くすのきまさしげ》さまのことや」

楠木正成は後醍醐天皇の忠臣だった。五百三十年前に後醍醐天皇が鎌倉幕府を倒した際に、大きな手柄を立てた。しかしその後、足利尊氏との合戦で討死してしまった。

「その時の首をお祀《まつ》りしたんが、ここの首塚や」

まさに今、皇軍御先鋒隊は、徳川幕府打倒の先陣を切ろうとしている。そのために後醍醐天皇の倒幕と、忠臣だった楠木正成を、自分たちの挙兵になぞらえているのだという。

御先鋒隊は石段を登り切ると、本堂前を右に折れて、木立の中に入っていった。

なおも後を追いながら、文吾が話した。

「実は大楠公が討ち死にした後に、もっと大変なことが起きたんや」

後醍醐天皇は腹心を失って劣勢となり、足利尊氏によって京都を追われた。そして大和に移り、叙位や元号の制定など、天皇としての役割を果たし続けた。

しかし追っ手がかかって、一ヶ所に長く滞在できなかった。そのために放浪する天皇を、大和各地の人々はこころよく受け入れて支え続けた。

一方、勝者となった足利尊氏は、京都で新帝を擁立したため、天皇が南と北に、ひとりずつ存在するという前代未聞の事態が生じてしまった。その間、地方の守護国人たちは、南北どちらの配下につくかで、日本中が混乱に陥った。

南北朝時代は六十年も続いたが、とうとう双方が歩み寄り、ふたたび唯一無二の存在に戻ったのだった。

南北朝時代のことは、すでに伴林から教えられており、勤三は少し胸を張った。

「大和の者たちは南朝を守り通したことを、ずっと誇りにしてきたんやろ」

「そうや。よう知っとるな」

そんな話をしているうちに、木立が途切れて、ちょっとした広場が現れた。楠木正成の首塚は、その一隅にあった。大木に囲まれて、ひっそりと石碑がたたずんでいる。

すでに広場は隊士たちで一杯だった。勤三は文吾と一緒に木立の中に控え、息をひそめて様子をうかがった。

中山忠光が首塚の石碑の前に立つ。周囲は木漏れ日がちらついているのに、そこだけが陽光を受けて輝いていた。

中山は隊士たちを振り返って、大声で告げた。

「これから戦勝を祈願するッ。それから皇軍御先鋒隊の旗揚げやッ」

おごそかに祝詞が唱えられ、中山忠光と主だった隊士たちが榊《さかき》を捧げ、残った全員で二礼二拍手の参拝をした。勤三も、しっかりと手を合わせ、挙兵の成功を祈った。

参拝が終わると、長い竹竿にくくられた縦長の旗が、高々とひるがえった。そのとたんに、隊士たちから大歓声が上がる。

旗は真紅の地に、十六花弁の菊の紋章が金糸で縫い取られていた。それが中山の姿とともに光を受け、神々しく輝く。まさしく帝の誇り高き先鋒としての象徴だった。

熱狂が収まると、中山がふたたび告げた。

「次は御陵に、お参りするぞッ」

境内の裏山に後村上天皇陵があるという。

先頭が山道を登り始めた時、ひとりの隊士が勤三たちの方に早足で近づいてきた。見たところ二十代半ばで、涼やかな目元が印象的だった。

「私は少しですが医術の心得があります。御陵はずいぶん先で、行って戻ってくるまでには時間がかかるようですので、その間に薬を選ばせてください」

勤三が薬箱を背中から下ろすと、医者は少し首を傾《かし》げながら、引き出しの薬名をひとつずつ確かめ始めた。

文吾が引き出しを開けて助言する。

「刀傷には、この軟膏が効くと思います。膿《う》んでしもたら、この飲み薬を。風邪薬や痛み止めの薬も、遠慮のうお持ちください」

どれも高価な薬品で、それぞれ油紙で包んでから、こよりでしばって、引き出しの中に納めてある。それぞれの薬名と薬効を書いた紙も、こよりにはさんである。勤三が文吾に命じられて、昨日までに用意しておいたのだ。

文吾が風呂敷を広げて、選んだ薬をまとめて包んだ。医者は風呂敷包みを受け取ると、背中に斜めがけして、胸元で結び目を作った。

そして目元をいっそう和らげて、頭を下げた。

「助かります。大事に使わせてもらいます」

それから仲間たちの後を追い、天皇陵への山道を登っていった。

伯父甥ふたりは天皇陵の参拝を遠慮して山門に戻り、石段のいちばん下の段に腰を下ろして、伴林の到着を待つことにした。勤三は、伴林がこんな大事な旗揚げの場に遅れていることが、ずっと気になっている。

今度の挙兵が決まった時に、伴林は内々に教えてくれた。

「ええか。大事なことやから話しとく。勤三は賢いさかいに、ちゃんと呑み込めるやろ。けど他言は無用や。もし計画がもれたら、何もかも水の泡やからな」

勤三が誰にも話さないと約束すると、わかりやすく説明してくれた。

「九年前にペリーの黒船が来てから、幕府が西洋の言いなりなのは知っとるやろ。今は幕府も諸藩も、やっきになって洋式軍備を整えとるけど、その足並みも揃わん」

もはや幕藩体制を解体し、帝を中心にした中央集権国家として、日本が生まれ変わるべき時が来ているという。軍備も一本化しなければ、とうてい外国勢力には対抗できない。

「まして帝は西洋人を嫌っておいでや。その御心に従って、頼りにならん幕府には見切りをつける。それが尊皇攘夷の本質や」

そのために尊皇攘夷派の公家や諸藩が、京都で画策して、帝の大和行幸《ぎょうこう》を決めたという。帝が攘夷祈願のために都を出て、奈良の春日大社へ参拝することになったのだ。

だが、それは表向きで、本当の狙いは帝の警護のために諸藩が兵を同行させ、さらに多くの藩の出動を待って、江戸に向かって進軍する。まさしく討幕のための官軍だった。

奈良には春日大社以外にも大規模な寺社が多く、大軍を収容するにはうってつけだった。

「皇軍御先鋒隊のお役目も、表向きは大和行幸の露払《つゆはら》いやけど、ほんまは、もっと深い意味があるんや」

大和国では大名領はわずかで、幕府直轄地の割合が高い。おおむね北半分は奈良奉行の支配地で、南半分は五条代官所が治めている。どちらも幕府の出張所だ。

たとえ行幸の一行が倒幕軍だと判明しても、奈良奉行所には手も足も出せない。その時点で、大軍に囲まれているからだ。

ただ五条代官所の存在がやっかいだった。もしも代官所が幕府側の拠点にされると、倒幕を邪魔立てされる懸念がある。

そのために、いち早く代官所を抑えておくのが、皇軍御先鋒隊の役目だった。もしも代官が抵抗するようなら、実力行使も辞さないという。

南朝を誇りにしてきた大和の人々は、当然、皇軍御先鋒隊を歓迎して、一挙に尊皇で固まる。大和は、全国に先駆けて幕府の支配から抜け出し、朝廷の直轄地になるのだ。そうして春日大社に行幸を迎えれば、討幕の準備は万全だった。

「皇軍御先鋒隊は、まさに新時代の先陣を切るんや。大和から新しい日本が生まれるんやぞ」

伴林は熱く語り、勤三は胸を高鳴らせた。

だが、そこまで熱心だった伴林が、なぜ旗揚げに姿を現さないのか。何か変事でも起きたのかと、勤三は気が気ではなかった。

観心寺から五条までは、南東へ四、五里ほどの道のりだ。今日は代官所で酒宴があるはずで、そこを狙って夕方前に討ち入ることになっている。

「先生、まだやろか」

心配する勤三をなだめるように、文吾は答えた。

「討ち入りまでには、まだ時間があるさかいに、大丈夫や」

その時、御先鋒隊が御陵の参拝を終えて、石段の上に戻ってきた。ふたたびふたりは門の内側に控えて頭を下げた。

御先鋒隊は一気に石段を駆け下り、中山忠光が軽々と馬に乗る気配がした。馬が門に向かうのを待って、勤三は顔を上げた。

錦旗が気高くひるがえり、騎馬の中山忠光が山門から出ていくところだった。寺の僧侶たちが総出で見送る中、隊士たちが続々と街道に出ていく。

さっきの医者が勤三たちに気づき、笑顔で片手を上げ、軽やかな足取りで門から出ていった。最後のひとりを見届けてから、勤三と文吾も街道に出た。すでに錦旗は遠のいていたが、隊士たちの後ろ姿が、いかにも誇らしく頼もしかった。

その後も、ふたりは観心寺の山門前に留まって、伴林を待った。日暮れが迫る頃、文吾が言った。

「寒《さむ》なるし、火を焚いとこ。向こうから来たら、目印にもなるやろし」

寺で薪と火種を分けてもらい、門前で焚き火をした。

ほどなくして日は没し、街道の北方向から、小さな明かりが揺れながら近づいてきた。提灯に違いなかった。

勤三は声を限りに叫んだ。

「おーい、おーい」

するとと返事があった。

「おーい、勤三かァ」

伴林の声だった。

思わず文吾と笑顔を見合わせた。飛び跳ねるようにして手を振りながら待ち構えていると、伴林は息を切らせて走ってきた。

「都で妙な噂を聞いたんで、確かめに行ってたら遅うなってしもうた」

文吾が怪訝顔で聞いた。

「妙な噂？」

「幕府がこっちの動きを察知して、巻き返しに出るゆう噂やった。けど大丈夫らしい。それより御先鋒隊は？」

「夕方には代官所に討ち入るゆうて、五条に向かわはったで」

「そしたら間に合わんかったか」

舌打ちせんばかりの伴林を、文吾がなだめた。

「討ち入りには間に合わんでも、これからいくらでもお役に立てるやろ。今すぐ後を追ったらええ」

「そやな。そうするわ」

それから伴林は勤三に目を向けた。

「ほんなら、行ってくるさかいに」

くれ、楽しみに待っとるがええ」

「先生、頑張ってください」

「勤三、明日の朝には、新しい世の中の始まりが、大和中の村に知らされるはずや。楽しみに待っとるがええ」

そして軽く片手を上げて走り去った。焚き火の明かりを受けながら、闇の中に消えていく。討ち入りに遅れはしたものの、その後姿も御先鋒隊の本隊に負けないほど、誇らしく頼もしく見えた。

その夜は観心寺で泊めてもらい、翌十八日に屋敷に帰り着いた。すでに討ち入りの知らせは届いていた。

重大事件だけに、五条周辺の庄屋から隣村の庄屋へ、また隣へと、たちどころに伝えられ、安堵村まで知らされたのだ。

それによると襲撃は予定通りに実行され、代官など五人がさらし首になり、代官所には火がかけられたという。

勤三は驚いた。皇軍御先鋒隊が錦旗を掲げて現れれば、どんな悪代官でも恐れ入って、代官所を明け渡すと思い込んでいたのだ。たとえ抵抗しても、少し懲らしめればすむような気でいた。

だが新時代の幕を開けるには、きれいごとだけではすまない。まさに生きるか死ぬかの合戦が始まったのだ。いかに自分が甘かったかと思い知った。

夜には続報が届いた。御先鋒隊には大きな怪我人もなく、代官所近くの寺に入って、五条新政府を立ち上げたという。追って正式文書も届くと知らされた。

予告どおり翌十九日の午後には、五条新政府からの文書が届いた。

それまでの二回の知らせは、庄屋同士の私的な走り書きで「筆写不要」と記されていた。読んだら、すぐに隣の庄屋に持って行けという意味だ。

しかし普段でも、役所から庄屋に伝えられる公式文書は、かならず書き写して、手元に写しを残しておかなければならない。

特に今回は五条新政府からの最初の文書だけに、勤三の父、専治郎《せんじろう》は手を清め、襟《えり》を正してから、楷書で丁寧に書き写した。

内容は、今まで代官所が支配していた村々が、朝廷の直轄地に変ったという告知だった。その祝として、今年は年貢が半減されるという。文末には「五条新政府　中山忠光」と記されていた。

別紙で御先鋒隊の隊士も募集されていた。隊に加われば苗字帯刀《みょうじたいとう》が許され、五石二人扶持《ごこくににんぶち》が支給されるという。この先、大和の大名領を従えるための軍勢であり、さらに帝の行幸を迎え、江戸進軍の際にも御親衛隊となる見込みだった。

勤三は年齢が足りないことが悔しくてたまらなかった。

だが夜になると、今度は奈良奉行所から文書が届いた。もともと安堵村を支配してきた幕府の役所だ。

専治郎が顔色を変えて、書面を文吾に見せている。勤三は怪訝に思って聞いた。

「何か、あったん？」

ふたりは何度も困り顔を見合わせてから、文吾が答えた。

「昨日の朝、都で変事があったらしい。幕府方が軍勢を繰り出して御所を抑えたそうや。それで帝の大和行幸が延期されてしもうた」

伴林が耳にした噂は本当だったのだ。さらに文吾は眉をひそめた。

「五条に討ち入った者は、自分たちのことを皇軍御先鋒隊て言うとるけど、偽者やさかい信じたらあかんて、御奉行所が言うてきた」

「にせもん？」

勤三は思わず声が高まった。

「偽者て、なんや。先生たちは本物の皇軍御先鋒隊や。その証拠に錦旗を持ってはったやん」

「その通りや、偽者のはずがない。まぎれもなく帝のご意思で兵を挙げたんやから。けど幕府にしてやられた。恐れ多いことやけど、帝は人質に取られてしもうたんや」

帝が人質になって、みずからの意思を通せなくなるなど、勤三には考えられないことだった。

「そしたら」

混乱する頭の中を整理し、動揺を抑えて聞いた。

「そしたら、先生たちは、どうなるん？」

文吾は、いっそう厳しい顔になった。

「幕府方が五条に軍勢を送って、降伏を促すやろな」

「降伏せえへんかったら？」

「その時は、討ち取られるかもしれん」

いよいよ茫然自失となった。合戦が始まったという事実までは、ようやく理解できたところだが、よもや、その報復があろうとは。

勤三は思わず腰を浮かせた。

「すぐに五条に行こ。今すぐ様子を見に行こ」

だが文吾が首を横に振った。

「もう奈良の御奉行所から見張りが出てるやろ。街道は通られへん」

ほんの二日前までは国境を越えて、河内国に出ることさえ不自由なかった。それが今は同じ大和の五条にすら行かれないとは。

文吾は少し表情を和らげた。

「けど心配はない。いくら幕府側が反撃に出たとしても、いっときのことや。正義がくつがえるはずがない。また逆転して、すぐに大和行幸は行われる」

その後、またもや五条周辺の庄屋から、非公式の知らせが届いた。皇軍御先鋒隊は天誅組と名を改め、五条新政府を捨てて、十津川郷《とつがわごう》に向かったという。

大和の南半分は、ほとんどが山林だ。特に紀伊半島の内陸に当たる広大な山間部は、十津川郷と呼ばれる。

そこで暮らす人々は、林業で生計を立て、独立自尊の気概が強い。神話の時代から朝廷に仕えていたとして、今なお武芸に熱心で、十津川郷士《ごうし》と呼ばれる。やはり後醍醐天皇を支えたことを誇りにしている。

大和の中でも、特に尊皇意識の高い地域だけに、中山忠光が率いる天誅組には、かならず味方する。京都の形勢が逆転するまで、山中にかくまってくれるはずだった。

一方、幕府は、紀州藩や津藩といった大和を取り囲む大藩に討伐を命じた。これに対して天誅組は、山中のあちこちに出没しては、討伐側を翻弄《ほんろう》しているという。

そんな天誅組の動きを気にかけつつも、今村家には庄屋としての大事な役目があった。秋の稲刈りが終わりしだい、年貢米を集めなければならない。

今年は新政府に納入するつもりでいたが、例年通り奈良奉行所が扱うことになった。勤三は庄屋の仕事を覚えるために、父につききりで手伝う。

まず村中から集まってくる米俵を一俵ずつ計り、規定通りの米が収まっているか確かめる。間違いがなければ、どこの田から採れたのか記録を取り、全重量を算盤《そろばん》で合算して、倉に積み上げておく。

その後は天気のいい日を選んで、大和川の船着き場まで大八車《だいはちぐるま》に載せて運ぶ。そこからは役人の手配で下流の堺まで川船で運ばれ、さらに大型船に積み替えられて大坂へと向かうのだ。

そうして勤三が立ち働いているうちに、観心寺での旗揚げから、ひと月が経った。京都で攘夷派が逆転したという話は、まだ聞かず、噂ばかりが飛び交う。

十津川郷でかくまいきれなくなって、天誅組は、さらに山奥に移っていったとも、分裂して、あちこちで数人ずつ捕まり始めたともいう。真偽は確かめようがない。

今村家は伴林の縁で、奈良奉行所から目をつけられ、何度も役人が調べに来た。

「かくまっていまいな。手紙や伝言は来ていないか。もし隠し立てしたら、ただではすまぬぞ。いつも見張っているからな」

勤三は、時おり玄関脇の離れに入り丸窓の障子を開けて、格子越しに外をうかがった。土塀の角に見張りが立っている時と、誰もいない時とがあった。

九月二十三日のことだった。年貢米の発送も片づいて、勤三は離れで漢書の音読をしていた。すると、ふいに丸窓の障子が動いた。外側から少しだけ開けられたのだ。ぎょっとして身がまえた瞬間、その隙間から小さく折りたたんだ紙片《しへん》が、ひょいと投げ入れられた。

なんだろうと拾い上げた。それは薄汚れた懐紙《かいし》だった。開いてみると、消し炭で文字が書かれていた。

「勤、大和の誇り忘れるべからず」

勤三は紙片を握って、夢中で離れから飛び出した。下駄をはく間ももどかしく、裸足で門に駆け寄った。

墨汁の文字ではないものの、筆跡でわかる。伴林に間違いない。

外に走り出そうとした瞬間、後ろから羽交い締めにされた。下男が声を殺して言う。

「坊っちゃん、どこ行かはるんやッ」

「放せッ、放せッ、先生が」

そう言いかけた時、下男の手が口に伸びた。さらに声を低めて耳元で言う。

「追いかけたらあかん。今、坊っちゃんが追いかけたら、伴林先生は捕まりまっせッ」

勤三は、はっとした。伴林は見張りの目をはばかりつつ、立ち寄ったに違いなかった。騒ぎ立てたら、たちまち捕まってしまう。

全身の力が抜けていき、下男に寄りかかるようにして地面に座り込んだ。そして手を震わせながら、もういちど紙片を開いてみた。

「勤、大和の誇り忘れるべからず」

勤とは勤三のことだ。追われる身でありながら、この紙片を渡すために、ここに立ち寄ってくれたに違いなかった。

人の気配で振り返ると、文吾と専治郎が玄関前に立っていた。

「何の騒ぎや？　何が起きた？」

そう聞かれて、勤三は震える手で紙片を差し出し、途切れ途切れに言った。

「先生が、これを、離れに、投げ入れて行かはった」

文吾が受け取ってつぶやいた。

「捕まるのも覚悟で、別れに来たんやな」

それを聞いた途端、哀しみや悔しさが一気に押し寄せ、勤三の目から涙がこぼれた。

「違う、違う、先生は捕まらん。何も悪いことはしてへんし、誰も殺しとらん。絶対に捕まったりはせえへん」

伴林が討ち入りに間に合わなかったことを、ずっと残念に思っていたが、今になってみれば、それがせめてもの幸運に思えた。


伴林が捕縛されたと知らされたのは、その翌々日の九月二十五日だった。

生駒山《いこまやま》の東の裾野沿いに北上したところで、奈良奉行所の役人に捕まったという。京都に向かっていたに違いなかった。

それとは別方面から、思いがけない知らせが届いた。二十四日に東吉野の鷲家口《わしかぐち》という集落に、天誅組が集団で現れたが、討伐側に狙い撃ちされて全滅したという。

伴林が紙片を投げ入れた翌日の出来事だ。安堵村から見ると五条は南西だが、東吉野と言えば、まるで逆方向だ。集団で山中を逃げまわった挙げ句に、鷲家口に現れたのだという。伴林は、その前に本隊から離れて、ひとりで安堵村を通っていったらしい。

捕縛されたのは痛ましいが、狙撃されて即死するよりも、勤三には、まだましに思えた。捕まって投獄されても、今後、尊皇派が盛り返せば、解き放たれる可能性はある。

だが虚しく月日が流れ、捕縛から五ヶ月後に文吾が病没した。今際《いまわ》に専治郎が兄の枕元で語りかけた。

「きっと伴林先生は解き放たれる。わしが見届けて、いつか、あの世で兄さんに話したる。せやから心配せんでええ。何も心配せんでええからな」

その翌月、また衝撃的な話が聞こえてきた。捕まっていた天誅組の隊士たちが、京都の六角牢内で次々と首をはねられたという。詳しく聞き合わせたところ、その中に伴林光平の名前があった。

勤三は気が動転して、父の腕にしがみつき、泣きながら食ってかかった。

「なんで？　なんで先生が首をはねられたん？　誰も殺してへんのに」

専治郎も悔し涙にくれた。

「わからん。たいした吟味もされへんかったんやろ」

勤三は信じられなかった。観心寺の門前で、焚き火していた自分たちの前から、軽く片手を上げて去っていった師。あの後ろ姿が、今生の別れになろうとは。

せっかく家の丸窓の向こうまで来てくれたのに、ひと目会うことすらもかなわず、密かに立ち去った師。

もしかしたら伴林は、こんな結末を覚悟していたのかもしれない。幼い頃から教え導いた師が、罪人として処刑されたら、勤三が大和の誇りを捨てかねない。そうさせまいという一心を紙片に込めたのだ。

伴林は、いつも持ち歩いている矢立を、逃走中に失ったに違いない。筆も墨汁もなく、小さな消し炭を拾って書いた言葉。

「勤、大和の誇り忘れるべからず」

かつて伴林は、こう教えてくれた。

「大和は始まりの国や。米づくりが始まったのも大和やし、そこから日本の文化が生まれたんや」

古代、大陸から渡ってきた稲作技術は、瀬戸内海を通って大坂湾に至った。だが当時は治水技術がないために、大坂の平地を流れる大河は氾濫《はんらん》を繰り返し、湿地が広がっていた。たとえ田を築いても流されてしまう。そのため稲作技術は大和川をさかのぼり、奈良盆地に根づいたのだ。

稲作のおかげで文化が花開き、大和朝廷や平城京が奈良に築かれた。その後、都は京都へ、さらに政権は東国の鎌倉幕府へと移っていったが、後醍醐天皇の南朝が大和に戻ってきた。

そして今、ふたたび東国の江戸から政権を取り戻し、その第一歩が大和から始まるはずだった。それは正義であることに間違いない。なのに、いわれなき罪で殺された師。

勤三には憤りをぶつける先が、どこにもない。あの時、観心寺まで連れて行ってくれた伯父も、もういない。

十三歳の勤三は、自分の両膝を抱いて泣きながら、ただ強く心に誓った。自分は生涯、大和の誇りを忘れまいと。

3　大和行幸ふたたび

天誅組の挙兵から五年の歳月が経ち、勤三は十八歳になった。

その春、とうとう官軍が組織され、江戸に向けて進軍していった。勤三としては、伴林たちが五年早く時代を先駆けたのだと実感し、それが誇らしくもあり、なおさら無念でもあった。

官軍の軍勢を前にして、江戸は開城し、幕府は完全に崩壊した。明治という新時代が始まったのだ。

世の熱気をよそに、その春から、大和では長雨が続いていた。父の専治郎が黒雲を見上げてつぶやいた。

「このまま梅雨に入ったら、えらいことになるかもしれん」

奈良盆地を流れる川は、周囲の山々に水源を持つ。山の保水量を超えると、川が急に増水して洪水を引き起こす。特に安堵村は奈良盆地の中でも土地が低い。

不安を抱えながらも梅雨を迎え、田植えを終えたが、その直後に大雨に襲われた。案の定、増水した大和川は堤を突き破って、田を呑み込んだ。

それでも無事だった田もあり、専治郎も勤三も気を取り直して村人たちを動員し、堤の補修に当たった。

だが夏も長雨が続き、専治郎は濡れた着物のままで、堤の補修作業を続けた結果、夏風邪を引いて咳が治まらなくなった。

気温も上がらず、無事だった苗の育ちも悪い。それでも、なんとか稲刈りができそうになった頃、二度目の嵐が襲った。一晩中、風雨が荒れ狂い、夜明け前に雨はやんだが、なお強い風が雨戸を鳴らす。

勤三は父の専治郎と一緒に、夜明けの薄暗がりの中、風をついて集落の外れまで歩いていった。

明るさが増すにつれて、眼の前に広大な田園が見えてくる。集落の外れから大和川に向かって、わずかな下り勾配がある。そこに広がる田は、一面、泥水に覆われていた。わずかに見え隠れする稲穂が哀れだった。

蓑笠《みのかさ》姿の専治郎が、溜息まじりにつぶやいた。

「年に二度も大水とはな」

その時、また激しく咳き込み始めた。

文吾が死んで以来、村には医者がいない。遠くから往診を頼むのも気が引けて、つい先送りにしていたが、もはや、ただの夏風邪とは思えなかった。

　しかし専治郎は、気遣う息子の手を振り払った。

「いや、大丈夫や。ここで頑張らな、村の衆が困るさかいに」

　次の瞬間、勤三は目を見張った。父が口元に当てていた手ぬぐいが、赤く染まっていたのだ。

　さらに父の腕をつかんで驚いた。脇の下が異様に熱かった。

「父さん、熱があるやないか」

　肩を貸して屋敷に連れていき、床につかせた。専治郎は起き出そうとするが、勤三は懸命に引き止めた。

「何をしたらええか教えてくれ。そうしたら、わしがやるさかい」

　すると専治郎は咳き込みつつも、息子に指示した。

「奈良の町に行って、お役所に事情を訴えて、今年は年貢を猶予して頂きたいて頼むんや。ええか、何がなんでも、お納めできへんことを、お役人さま方に、わかってもらわなあかんで」

　勤三は脚絆《きゃはん》と草鞋《わらじ》で足元を固めると、袴の股立《ももだち》を取って、早足に奈良へと向かった。

　明治維新と同時に、奈良奉行所の支配地は朝廷の直轄地となり、奈良盆地の大部分が奈良県と改められた。だが二ヶ月後には、はや奈良府に昇格した。以来、府の役所は奉行所の建物を利用している。

　奈良府庁に近づいて、勤三は驚いた。かつては奉行所前に、美しく続いていた興福寺の土壁が、あらかた突き崩されて、本堂も五重塔も丸見えになっていたのだ。境内には草が生い茂り、いくつもの建物が破壊されている。猿沢の池には瓦礫《がれき》が投げ込まれていた。

新政府が神仏分離令を発したことにより、日本中に廃仏毀釈《はいぶつきしゃく》の嵐が吹き荒れ、興福寺も被害を受けたとは聞いていた。もともと春日大社と一体となっていた寺だけに、特に標的にされたのだ。

勤三は眉をひそめて、ひとり言をつぶやいた。

「それにしても、こんなふうに壊さんでも、ええやないか。これはやりすぎや」

美しかった大伽藍《だいがらん》が、わずかな期間で荒れ果ててしまったことに胸が痛んだ。

だが感傷に浸っている余裕はなかった。ともかく府庁に飛び込んで、安堵村の田が洪水で泥に埋まったことを訴えた。

しかし府庁の組織ができたばかりで、訴えを受理してくれる役人が見つからない。このまま帰るわけにはいかず、役所内を駆けずりまわって担当者を見つけ出し、懸命に頭を下げた。

「今年は二度も大水が出て、とても年貢は、お納めでけへんのです。お疑いでしたら、どうか、わしと一緒に村まで見に来てください」

なんとか返事を取りつけて、とんぼ返りで安堵村に戻った。

家の座敷に入ると、父は床について眠っていた。母の智加《ちか》が小声で言った。

「お医者さんに来てもろたんやけど、重い肺病やそうや。もう無理は、させんようにて言われてしもうた」

行灯のほの暗い明かりの中でも、顔色の悪さはわかった。勤三は明日からは、自分が父の代理として、庄屋の役目を果たすのだと覚悟した。

翌朝からは無我夢中で働いた。田の泥は後にまわし、とにかく大和川の決壊した堤を補修するために、村人たちに作業を振り当て、その陣頭指揮を取った。

その秋は、なんとか年貢の猶予がかない、大和川の堤の補修も一段落ついた。

すると母の智加が遠慮がちに言った。

「富本さんのとこのノトさんがな、あんたに嫁をもろたらどうやて、勧めてくれてるんやけど」

ノトは大阪の町中から、近所の富本家に嫁いできた人で、話す声が大きく、女ながらに豪胆なところがある。智加とは同年代で仲がよく、日頃から、たがいの屋敷を行き来しては、縁側で茶をすすって話し込んでいく。

だが勤三は戸惑った。

「まだ先でええよ。今は嫁どころやないし」

「けど、お父さんも、どうせなら年内にて言うてるんや」

「年内？　なんで、そないに急ぐん？」

「せっかく新しい時代が来たのに、このまま悪いことばっかりで、今年を終わりにしとうないて」

あまり先が長くないと自覚し、嫁や孫の顔を見たがっているという。

「せやから、もし、あんたに誰か言い交わした娘《こ》でもおったら、一緒にさしてやりたいて、お父さんは言わはるんやけどな」

勤三はぶっきらぼうに答えた。

「そんなん、おらんよ」

「ノトさんはな、隣村の笹野《ささの》ちゃん、どうやて言うてくれてはる。色白でかわいいし、いっつもニコニコして、気立ても頭もええて評判らしいで」

勤三よりも一歳下の十七歳で、村の若者たちに人気があり、勤三も密かに心を寄せていた相手だった。

拒まないのを見極めて、智加が言った。

「のんびりしとったら、よそに取られてしまうて、ノトさんは言わはるし。そしたら仲立ちしてもろて、話、進めてもらおな」

縁談はトントン拍子で進み、笹野は年内に嫁いできた。専治郎も智加も嬉しそうに嫁を迎えた。

おとなしくて控えめな性格で、勤三とはぶつからないし、舅《しゅうと》や姑《しゅうとめ》にも上手く仕える。期待以上の嫁だった。

年が明けて明治二年になると、奈良府がまた奈良県に戻り、武術に秀でた十津川郷が兵部省《ひょうぶしょう》の直轄になったりと、目まぐるしく変わった。

すでに江戸は東京と名を改め、帝は東京に赴いたまま戻らない。京都が都ではなくなったと気づいた時には、ただ驚くばかりだった。

十九歳になった勤三は、いよいよ多忙になった。田畑の仕事も、季節ごとに押し寄せる。去年、年貢を猶予してもらっており、今年こそは耳を揃えて納めなければならず、どうか天候に恵まれるようにと神仏に祈った。

一方、専治郎は寝たり起きたりを繰り返し、しだいに弱っていった。

「あの世で兄貴に会《お》うたら、伴林先生の志は少しだけ早かったて、言うたろ」

そして倒れて二年後の明治三年、とうとう帰らぬ人となった。葬儀やら法事やら、庄屋の代替わりの届け出やらで、父の死は、哀しみよりも緊張をもたらした。

母の智加は気丈に言った。

「こういう時は忙しいのがええのや。いろんなこと忘れられるし」

勤三は二十歳で今村家の当主になり、庄屋の役目も正式に継承した。

翌明治四年からは、大規模な国家改革が相次いだ。

最初は廃藩置県《はいはんちけん》だった。大和国内では郡山県をはじめとする諸藩の県が廃止され、十津川郷も統合された。盆地の中だけだった奈良県から、飛躍的に範囲が広がり、大和一国が丸々奈良県になったのだ。

これによって河川整備の期待が高まった。三年前のように長雨が続き、そこに大嵐が加われば、また洪水が起きかねない。それを防ぐには、山間部の水源から盆地内の築堤まで、一貫して対策を練る必要があった。

それに伴って、大和各地を結ぶ道路網も求められた。県内で荷馬車などの行き来が楽になれば、人々の結束も強まる。

また地方行政の仕組みも改められ、村々の庄屋が戸長《こちょう》に変った。勘三も戸長と呼ばれる身になったのだ。

さらに戸籍法が実施され、今まで寺が把握していた人別改帳《にんべつあらためちょう》が、戸長の管理に任された。村人の誕生と死亡を、常に把握しておかなければならず、責任の重い仕事だった。

そうしてできた戸籍をもとに、徴兵規則が制定された。士族庶民の別け隔てなく、人口に応じて兵を出すことになったのだ。だが農村では働き手を奪われることになり、大きな痛手をこうむった。

地租改正《ちそかいせい》という税制の大改革も行われた。米の現物納入が廃止され、金納に代わったのだ。それまでの年貢は、村単位で納入義務があったが、今度は土地持ちの百姓ひとりひとりに課せられた。

そのために地券が発行され、土地所有が認められた。これによって、それぞれの裁量で土地を売り買いできるようになり、都会に出て働くことも可能になった。

だが現実には、先祖伝来の土地を手放す者はおらず、それでいて大量の米を換金する方法も知らない。県の役人と相談しつつ、戸長たちが奔走して米の売却先を確保した。

もうひとつ戸長には大きな仕事が増えた。郵便だ。それまで街道沿いの問屋場や飛脚が扱っていた手紙が、戸長に託されたのだ。役所から切手を預かり、手紙や葉書の窓口になった。これによって文書のやり取りは、飛躍的に簡便化した。

こういった新しい施策は、新政府や奈良県から公式文書として届いた。相変わらず戸長から戸長へと伝えられ、すぐに筆写して、隣村に伝えなければならない。

しかし、あまりに発令が多すぎて、筆写する量が膨大になり、戸長の負担がとてつもなく重くなった。勤三は日々の仕事で疲れ果てており、座ると眠ってしまいそうで、立ったまま筆を取った。

そんな時、印刷された公式文書が郵便で届いた。活版印刷という新技術で、これからは筆写は不要だという。

戸長の負担軽減のために、以前から文書の印刷が求められていたが、木版を彫るほどの部数ではなく、彫る手間もかかりすぎる。だが活字なら組み変えが容易で、布告ごとに印刷できるようになったという。

勤三は大喜びで笹野に見せた。

「見てみい。えらいもんやろ。文字ひとつずつが、はんこみたいになってて、それを並べて刷るらしいで」

笹野は姉さんかぶりの手ぬぐいを外しながら、目を細めた。

「よろしおましたな。これでお手間が、ひとつは省けますな」

勤三は膨大な筆写から解き放たれて、胸をなでおろすと同時に、新時代の優れた技術に感じ入った。そして活版印刷の文字を、ためつすがめつ、いつまでも眺め続けた。

喜んだも束の間、明治九年四月に届いた公式文書に、勤三は目を見張った。

「左の通り、廃令ならびに管轄替え、仰せ付け被り候の条、この旨、布告候こと」

続いて合併する県名が並び、その中に奈良県があったのだ。

「奈良県を廃し、堺県へ合併」

河内と和泉も一緒に堺県になるという。

廃藩置県当初、全国に三百あった藩が、そのまま県になった。だが三百もの行政区は多すぎるという理由で、その後、盛んに統廃合が行われてきた。その結果、府は東京府、京都府、大阪府の三府、県は七十二県まで絞られた。

奈良県が郡山県や十津川郷などを含めて、大和一国で奈良県になったのも、その一環だった。しかし七十二県でもまだ多く、今回の合併で、さらに半数にまで減らすという。

勤三は、半里ほど南の小柳という集落まで走っていき、戸長仲間の服部蓊《はっとりしげる》に文書を突きつけた。

「奈良県が堺県に合併されるて、そんな無法はないやろッ」

勤三は二十六歳になっており、蓊も同年代の戸長で、日頃から気が合う。相撲取りのように体格がいいが、心根は優しく、何より村人たちのために力を尽くしていた。

蓊は、まだ文書を読んではおらず、その場で読み進むなり、いつもは柔和な顔が、たちまち仁王像のように変った。

「なんで合併せんとならんのやッ」

「なんでかは知らん。けど奈良県が河内と和泉と一緒になって堺県やて？　こんなん、絶対に認められんで」

堺は大和川の河口にある港町だ。そこから大阪湾沿いに、和歌山県との県境までが、もともとの和泉国で、いったんは和泉県になった。

その内陸側が河内国で、やはり河内県になった。どちらも面積の小さな県で、歴史をさかのぼれば同じ国だった時代もある。この二県は合併しても当然に思えた。

しかし河内と大和の間は、山並みで隔てられており、歴史も文化も言葉も違う。和泉や河内は大阪の文化圏だが、大和は京都とのつながりが深い。

勤三は奈良の町まで掛け合いに行った。しかし、すでに県庁は閉鎖されており、派出所だけが残されていた。今後、大事な陳情や報告は、堺まで出向かなくてはならなくなったのだ。

たちまち奈良の町は寂《さび》れていった。興福寺は廃仏毀釈で荒れ果てたうえに、周囲の町からも人影が消えたのだ。

すでに大和という国名はなくなり、そのうえ奈良という地名まで、この町に限られたものになってしまった。もはや大和国をひとくくりにする名前は失われたのだ。

勤三は、いつも持ち歩いている守り袋の中から、伴林光平が置いていった紙片を取り出した。

「勤、大和の誇り忘れるべからず」

その誇りのよりどころである大和そのものがなくなってしまっては、誇りの持ちようもない。

たまらなく情けなかった。

それに対して自分は何もできない。十三歳の時、天誅組の苦難に際して何もできなかったのと同じであり、あれから何ひとつ進歩していないかと思うと、いっそう情けない。苛立《いらだ》ちばかりがつのる。

何かできないか模索しつつも、戸長としての仕事に追われ続けた。


稲刈りがすんで、その年の米の換金も片づいた小春日和の午後のことだった。

いつものことながら富本家のノトが来ており、縁側に腰かけて、母と話し込んでいた。たがいに白髪交じりの髷を寄せ合って、何やら相談している。

勤三が廊下を通りかかると、大きな声で呼ばれた。

「なあ、勤三さん」

何事かと立ち止まると、いっそう大声で聞く。

「来年、若い天皇さんが都に来やはるんやてな」

勤三は誘われるようにして座敷に入った。

「おばちゃん、えらい早耳やな」

智加の隣であぐらをかくと、ノトは自分の右耳を引っ張って、自慢げに言う。

「うちは声も大きいけど、耳もええんや」

来年は幕末の孝明《こうめい》天皇が亡くなって丸十年になる。そこで東京に行ったままになっている若き天皇が京都に戻り、先帝の墓前で十年祭を執り行うという話だった。

　ノトは縁側に片手をついて言う。

「大阪の町衆は、天皇さんに自分らの町まで足のばして頂こうて、張り切っとるそうやで」

　実家があるだけに、ノトは大阪の事情に詳しい。

「天皇さんをお迎えするとなると、新政府から、ごっつうお金が出るらしいで。町もきれいにせなならんし。いっそ、大和にも来てもろたらどうやの」

「おばちゃん、そう簡単に」

　勤三は途中まで言いかけて、ふいに伴林の置いていった紙片が頭に浮かんだ。

「勤、大和の誇り忘れるべからず」

　そもそも天誅組は、孝明天皇の大和行幸の先触れとして蜂起したのだ。

　急に胸が高鳴り始めた。ずっと模索していたものが見つかった気がして、思わず声に出してつぶやいた。

「これやッ、大和行幸やッ」

　するとノトは満足そうにうなずいた。

「そうそう、大和に行幸してもろたらええ」

「そうや、今から大和行幸を実現したら、ええんやッ」

　勤三は両拳を握りしめて、素早く考えを巡らせた。行き先は天誅組が望んだ通り、春日大社か。そうなると十数年ぶりに、彼らの遺志を達成できることになる。

だが、すぐに打ち消した。いや、春日大社は駄目だ。興福寺や奈良の町が荒れ果てていて、とうてい行幸など迎えられる状態ではない。ほかに適当な場所はないか。

勤三は落ち着かなくなって立ち上がった。

「おばちゃん、ええこと教えてくれた。おおきに。恩に着るでッ」

そのまま丸窓のある離れに突っ走った。今も文吾や専治郎が集めた本を置いてある。棚に重ねてある和綴本《わとじぼん》を、片端から手に取った。その中に「日本書紀」の写本があり、一瞬で思いついた。神武《じんむ》天皇陵がいいと。

神武天皇は「日本書紀」に登場する初代天皇だ。その墓陵は長い間、わからなくなっていたが、幕末の尊皇思想の高まりとともに研究が進み、畝傍山《うねびやま》東北の古墳と特定された。

明治維新後も神武天皇の顕彰は続き、即位した二月十一日を日本建国の紀元として、新政府は紀元節という祝日を制定した。

天皇陵のある畝傍山は、奈良盆地の南端に近い。若き天皇が京都で先帝の十年祭を執り行った後で、奈良へと下り、奈良盆地を縦断して神武天皇陵に参拝すれば、大和が始まりの地であることが日本中に印象づけられる。

奈良県が堺県に呑み込まれるべきではないことを、日本中に知らしめる好機にできるかもしれなかった。

その日のうちに服部蓊の屋敷に駆け込んで、考えを打ち明けた。

「ええ考えやと思わへんか」

蓊は音を立てて肉厚の手を打った。

「ごっつうええ。ええ考えや」

「そしたら奈良の派出所で、芝村の恒岡《つねおか》さんらに相談してみよ」

恒岡直史《なおふみ》は芝村の戸長だ。

芝村は奈良盆地の東南端近くに位置し、神武天皇陵からも程近い。幕末までは織田信長の流れをくむ大名領だった。

恒岡も元は織田家の家臣であり、藩の行政を担っていたため、今も実務に長《た》けており、何かと頼りになる存在だ。

さっそく勤三は郵便で連絡し、日時を約束して、蓊とふたりで奈良の派出所にでかけた。

恒岡は、勤三よりも十一歳上の三十七歳だが、黒目がちな目が丸く、やや童顔だ。若く見られるのを気にしてか、立派な黒髭《くろひげ》を伸ばしている。

会って早々に、勤三が考えを打ち明けると、恒岡は黒髭に手を当てて小首を傾げた。

「大和行幸か。ええ考えやと思うけど、どうやって実現するかやな」

勤三はとっさの思いつきで答えた。

「まずは県に陳情しようかと」

恒岡は即座に首を横に振った。

「それはあかん。堺県の顔は大阪に向いとる。帝に足を伸ばしてもらうんやったら、大和やのうて大阪やゆうに決まっとる」

勤三は、それもそうだと思い直した。恒岡は黒髭に手を当てたままで言う。

「勤三、これは、なかなか覚悟の要ることやで。県には内緒にしとくとして、下手に見つかったら、勝手な真似をしよったて、お咎《とが》めを受けかねへん」

とっさに反発心が頭をもたげた。

「それは承知ですわ。わしは、たとえお咎めを受けたとしても、かまへんし」

「おまえはかまわんでも、女房子供が困るやろ」

結婚して八年になり、すでに一男二女に恵まれ、なお笹野の腹には次の子がいる。それを思うと、一瞬、心が揺れる。それでも勝ち気がまさった。

「いや、これは、やっぱり成し遂げたい。おこがましいことかもしれんけど、天誅組の本懐を遂げたいんや。それで大和の誇りを取り戻したい。危ない橋を渡ることになるんやったら、わしひとりで動くよって」

「わかった。そこまで言うんやったら、わしも、ひと肌脱いだる」

「ほんまでっかッ」

「行幸となったら、行在所《あんざいしょ》が要るやろ」

行在所とは天皇の休息所だ。

「神武天皇さんの御陵の近くやったら、お寺の格からして、たぶん称念寺さんが行在所になると思う」

幕末に御陵が特定された時にも、称念寺が朝廷の調査に協力したという。

「称念寺さんのご住職なら、知らん仲でもないし、話を持ってってもええで」

薪が口を挟んだ。

「けど、そんな大役、面倒がらへんやろか」

「あのご住職なら大丈夫や。とにかく一緒に会って話してみよ」

勤三は直感的に糸口がつかめそうな気がした。

「そうしてもらえるんやったら、ぜひ」

日を改めて、薪も含めた三人で称念寺におもむき、恒岡が住職に引き合わせてくれた。

「これは今村勤三ゆうて、子供の頃に、伯父さんと学問の師匠が天誅組に関らはって。それで天誅組が目指した大和行幸を、なんとしても実現したいと申しますんや」

大和では天誅組の評価は高い。志半ばで破れ、深く同情される対象だ。

住職は親身になって話を聞いてくれた。行在所の件も特に恐れ入る様子はなく、むしろ乗り気だったが、筋の通し方を気にした。

「こういう話は宮内省さんから下されることやし、わしらから、お願いできる立場やないしな」

勤三が勢い込んで聞いた。

「そしたら宮内省さんから、お話があったら、お引き受けいただけますか」

「もちろんや。けど、もひとつ気になるんやけど」

「なんでしょう」

「ほんまに帝をお迎えするとなったら、道中も見苦しないようにせんとならんし、その辺のことは、どないするつもりや」

帝の輿《こし》が通れるように道幅も広げなければならないという。

「そうなったら、大和の百姓たちは喜んで働きます。道を整えたり、橋をかけ直したり、家を直したり、自前でやりますし、もっと大きなことは、政府や県に掛け合うて、お金を出してもらいます」

するとと住職も覚悟を決めてくれた。

「わかった。大和のためになることやし、何より名誉なことや。もし決まれば、うちの寺でもできる限りのことはさしてもらう」

勤三は思わず両拳を握りしめた。

帰り道で、恒岡が呆れ気味に言った。

「それにしても、おまえ、たいそうなこと吹いたな。政府か県に金を出さすなんて」

「吹いたわけとは違いますよ。行幸ともなれば、それなりの準備が要るやろうし。政府も県も出さんかったら、わしがなんとかしますさかいに」

「おまえとこの田畑すべて投げ売っても、追いつかんぞ」

さすがに少し軽はずみだった気もしたが、首を横に振った。

「いろいろ考えとったら前に進まれへんし、進み始めたら、なんとかなりますやろ」

すると翁が太い腕を伸ばして、勤三の肩にまわした。

「これが、こいつのええとこです。この勢いで、まわりの者《もん》も、なんとかなる気がしてしまうんですわ」

そう言われれば、そんな一面も否定はできないが、これほど大きなことに踏み出したのは初めてだった。

恒岡が笑い出した。

「ほんまや、わしもなんとかなりそうな気がしてきたわ」

勤三は苦笑いを納めて言った。

「次は京都の泉涌寺《せんにゅうじ》さんに、お願いしに行こうと思うてますけど、今度は、わしひとりで行ってきます」

天誅組が担ぎ出したかった幕末最後の孝明天皇は、死後、京都の泉涌寺で葬儀が営まれ、その裏山に円墳の御陵が築かれている。十年祭が行われる場所でもあり、京都から大和へ向かう道筋を、なんとしても宮内省へ取り次いでもらいたかった。

すると翁が腕を放して言った。

「水臭いやないか。わしも行くで。一蓮托生《いちれんたくしょう》や」

「いや、あかん。わしひとりで行く」

ここからの責任は、自分ひとりで背負いたかった。

だが恒岡が意外なことに翁の肩を持った。

「勤三、翁を連れて行け。おまえひとりやったら重みが足らん。翁は押し出しがええさかいに、お寺さんの扱いも変わるやろ」

蓊はいかにも得意気に、厚味のある胸を反らせた。

「わしが行かんと始まらんで」

散切《ざんぎ》り頭に紋付き袴、手甲《てっこう》脚絆という旅姿で、勤三と蓊は奈良から木津川沿いに出て北上した。

鳥羽街道をさらに北に向かうと、京都の町に入るはるか手前に、泉涌寺に向かう道標があった。その名も泉涌寺道といい、街道から外れて、ゆるゆるとした上り坂を、ふたりは早足で歩いた。

坂道の果てに立派な門が見えてきた。泉涌寺は歴代天皇の菩提寺だ。天皇家は神道の大元ではあるが、孝明天皇のみならず、何人もの天皇の御陵が、寺の裏山に設けられている。

とてつもなく格式が高そうで、門前払いされるのではないかと緊張しつつも、勤三は笠を脱いで、門を守る僧兵に近づき、名前と要件を伝えた。

すると僧兵は、いかにも胡散臭そうに勤三たちを眺め、いったん門内に引っ込んで、代わりに修行僧らしき若い坊主が現れた。

勤三がふたたび要件を伝えると、根掘り葉掘り聞かれた。

「どなたかのご紹介どすか。こちらの誰を呼んだらよろしおすか」

勤三の額から汗が吹き出す。しかし、ここで引き下がるわけにはいかない。懸命に食い下がって説明すると、修行僧は勢いに押されたか、奥の寺務所まで聞きに行ってくれることになった。

「ここから寺務所まで少しかかりますよって、しばらく待っといてください」

翁とふたりで門脇の木陰に腰を下ろすと、かたわらに僧兵が立って見張っている。修行僧は待てど暮らせど戻ってこない。

紹介状も何も持たずに、こんな大事な話を持ちかけても、怪しまれるのは当然だった。だが断られたら次の手がない。

ずいぶん時間が経ってから、ようやく修行僧が戻ってきて、気の毒そうに言う。

「今日はご住職がお留守で、わかる者がおりませんさかいに」

間髪をいれずに聞いた。

「ほんなら、明日はおいでになりますか」

「さあ、どうでっしゃろ」

体よく門前払いされている気がした。

その時、坂下から車輪の音がした。振り返ると人力車が登ってくるところだった。高齢の僧侶がひとり乗っている。勤三は住職だと直感した。

そして人力車に向かって走り出した。翁も後に続く。車夫が驚いて足を緩める。勤三は滑り込むようにその場に座り、土埃の中で両手を前について大声で言った。

「こちらのお坊さまでございますか。そうでしたら、どうか話を聞いてください。どうか、どうか」

　すると老僧が車夫に合図し、人力車が止まった。勤三は無我夢中で告げた。

「私は怪しい者やありません。天誅組にゆかりの者でございます。恐れながら、お願いがあって参上いたしました」

　老僧は勤三と翁を交互に見て聞いた。

「何ごとや」

　こんな道端で話したら即座に断られそうだったが、答えないわけにもいかず、正直に話した。

「今度の十年祭に際しまして、帝に大和へ行啓いただけませんでしょうか」

　老僧は少し驚いた様子で眉を上げた。

「大和へか」

「さようでございます。神武天皇さまの御陵に、お出ましいただけないかと」

「ふむ。大和へな」

　わずかな沈黙の後で、まだ門のところにいた修行僧に命じた。

「このふたりを奥に連れといで。詳しゅう話を聞くさかいに」

　そのまま車夫を促して、門の中に走り込んでいく。

　修行僧が笑顔になった。

「あんたら運がええですな。いきなりご住職にお目にかかれるなんて、まずないことですえ」

総門の先には、まだまだ参道が木立の中に続いていた。山内寺院への道が左右に現れ、はるか先に泉涌寺の大門が現れた。

天皇家ゆかりの寺だけに、境内は美しく整えられ、荘厳な雰囲気の本堂の裏には、こんもりとした山がそびえていた。そこに歴代天皇の御陵が設けられているという。

さらに先の寺務所に案内され、もっとも奥まった座敷に通された。

開け放った障子の向こうには、掃き清めた白砂と、いかにも手入れのいい庭が広がっている。赤い紅葉が枝に残っていて美しい。こういった華やかで手の込んだ庭園は、大和では見られない。

勤三は、ふたたび湧き上がる緊張をこらえ、翁とふたり並んで下座に控えた。

するとさっきの老僧が現れ、ゆったりとした所作で上座に着いた。

「なんやら大層な話を持ってきはったらしいけど、もういっぺん最初から聞かせてくれはるか」

勤三はひとつ息をついてから、まず自分の学問の師が天誅組の隊士だったことと、伯父が軍資金を提供したことを打ち明け、それから両手を前について言った。

「恐れ多いこととは存じますけど、来年、こちらで十年祭を執り行われた後、神武天皇さまの御陵に、帝にお参りいただけないでしょうか」

老僧は細いあごに手を当てて聞いた。

「なんで、そないなことを思いつかはった？　ほんまは何を望んではる？」

勤三はありのままに答えた。奈良県が堺県に吸収されて、大和の誇りが失われつつあること、それを取り戻したいこと。そして何より天誅組の本懐を遂げたいということを。

するとと老僧は微笑んだ。

「なるほど、大和行幸か。ええかもしれんな」

そして、ふたりを見比べてから、意外なことを言い出した。

「この件は任せてくれへんか。うちの方から宮内省に話をつけるさかいに」

勤三は呆然として聞いた。

「ほんまでっか」

あまりに話が上手く行き過ぎて、信じがたかった。すると老僧は笑い出した。

「何をびっくりしてはる？　あんたが、そう頼んだんと違うんかいな」

勤三は慌てた。

「もちろん、ありがたいと思うてます。けど私みたいな者の話を、こないにあっさり信用して頂けるとは」

「ええ話やったら、誰の話かてかまへんやろ。十年祭の後、大阪に行幸ゆう話も内々にあるけど、それよりも、あんたの話を聞いて思うた。大和の方がええ」

老僧は本音を聞かせてくれた。

いつのまにか東京に遷都されて、京都では腹立たしくてたまらない。だからこそ十年祭を機に、京都の存在感を天下に示したい。ただ、そこに大阪が付随するのは歓迎できないという。

「大阪は東京と同じ土俵に乗ってはって、それでいて東京には負けてはる。せやから大阪行幸はあかん。その点、大和は別格や。まして東京も大阪も文明開化とかゆうて、西洋の真似ばっかりしてはる。日本中が日本の誇りを忘れかけてる。大和が堺県に呑み込まれたらあかんのと同じように、日本も西洋文明に呑み込まれたらあかん」

改めて勤三と翁の顔を見比べた。

「それに、あんたらを見とったら思い出したんや。御一新前の勤皇《きんのう》の志士ゆう人たちを。草莽《そうもう》の志士ともゆうてな、侍やのうて、田舎の庄屋か何かをしてはった若い人たちが、うちの寺にも、よう来てはった」

中には天誅組に加わった者もいたという。

「志士の人たちは、みんな一生懸命やったし、あの頃はお公家さんも坊主も町衆も、みんな志士の人たちを後押ししたもんや。あの頃の志士と、あんたはそっくりや。特に目の輝きが同じやし、違うのは丁髷《ちょんまげ》があるかなしかだけや。せやから信用する」

思いもかけなかった指摘に、勤三の胸が熱くなった。自分は直感的に大和行幸を思いつき、後先考えずに行動に移した。それが勤皇の志士たちの行動と重なろうとは、夢にも思わなかった。だが、それが涙が出そうになるほど誇らしく、嬉しい。

老僧は念を押した。

「あんたのお手柄を横取りするようで悪いけどな、とにかく大和行幸の件は任せて欲しい」

「横取りなんて、とんでもない。正直ゆうたら、私らには荷が勝ちすぎてますし、進めて頂けるのやったら何よりです」

さらに行在所になりそうな称念寺のことも頼んだ。

「わかった。そっちのお寺さんには宮内省さんから話をして頂く。行幸のお迎えのために、あれこれお金も要り用になるやろから、その辺も宮内省さんから、あんじょうしてもらうさかいに」

信じがたいほどの成果だった。勘三も蓊も、ただただ頭を下げて礼を言った。

「ありがとうございます。よろしゅう、お願い致します」


それから計画は勘三たちの手を離れ、おどろくほど順調に進んだ。勘三が無理だと思い込んでいた春日大社も参拝先に加えられた。

そして年が改まった明治十年二月十日、二十六歳になった帝が、春日大社を経て神武天皇陵に参拝したのだ。

きらびやかな行列が、まばゆいばかりの輿《こし》を運んで、奈良盆地を北から南へと縦断していった。中に乗っている帝は、今は亡き天誅組の大将、中山忠光の甥なのだ。

翌十一日の紀元節には、大阪日報という日刊新聞に、京都での十年祭と併せて、大和行幸が大きな記事になった。ちょうど一年前に創刊されたばかりの新聞だ。その後、東京の新聞にも記事が載ったと聞いた。

奈良の会議所で、恒岡直史が黒髭の口元をほころばせて言った。

「最初に話を聞いた時には、まず無理やと思うたけど、勤三の働きぶりは大したもんや」

蓊は太い腕を、また勤三の肩にまわした。

「この先、こいつは偉うなりますよ」

勤三自身、天誅組の処刑以来、何もできないと嘆くばかりだったが、ようやく達成感が持てた。

久しぶりに、伴林の投げていった紙片を開いて、声に出して読んだ。

「大和の誇り、忘れるべからず」

この思いを強く持って突き進んでいけば、もしかしたら奈良県を独立させられないだろうか。

勤三は初めて、そんな夢を抱いた。

行幸を機に、大和への注目度が増し、奈良公園が開園した。長い間、荒れ果てていた興福寺の境内を中心に整備が進み、誰でも楽しめる公共の庭として公開されたのだ。五重塔や猿沢の池の美しい風景が、ようやくよみがえった。

鹿の保護も復活した。江戸時代は神の使いとして大切に扱われていたが、明治維新後、放し飼いをやめて囲い込み政策が取られたために、頭数が激減してしまっていた。それが広大な公園内に放たれ、奈良の名物として、ふたたび大事にされるようになったのだ。

遅ればせながら、神武天皇陵の改修も決まった。顧《かえり》みられなかった大和が、ようやく脚光を浴び始めたのだった。

4　堺と大阪

行幸から三年が経った明治十三年四月下旬、全国各県で議会の開催が決まり、そのための議員選挙が、太政大臣から予告された。

自由民権運動が各地で活発化しており、国会開設が求められていた。新政府はそれに先立って、地方議会を開くことにしたのだった。

立候補できるのは二十五歳以上の男性で、県内在住、十円以上の納税などの制限が設けられていた。三十歳になっていた勤三に、戸長仲間たちはこぞって勧めた。

「選挙に出ろ。おまえが議員にならんかったら、なるもんがおらん」

蓊も励ましてくれた。

「どうか県議会に出て、もういっぺん奈良県を作ってくれ。みんな、おまえに投票するし」

奈良県独立の夢は、勤三ひとりのみならず、大和の人々の悲願になりつつあった。

「わかった。選挙に出よう」

固く約束して帰宅し、妻の笹野に告げた。

「今度、県議会の選挙に出ることにした」

　すると笹野は驚いて聞き返した。

「そしたら、堺に行かはるんですか？」

「議会は三月から一ヶ月や。その間は行きっぱなしになるやろな」

「そしたら毎年、ひと月は、お留守ということでおますか」

「ひと月ゆうても延びることもあるし、臨時の議会もあるらし。今よりも、もっと行き来することになるやろな」

　見る間に笹野の顔がくもる。勤三は妻が喜んでくれるものと思っていただけに意外だった。

「なんや、気に入らんのか」

　笹野は目をそらして、小さく首を横に振った。

「気に入らへんわけやないですけど」

　それでも勤三は不満だった。

「わしが選挙に出るのは、地元のためだけやない。子供たちに大和の誇りを持たせたい。そこは、おまえにもわかって欲しい」

　すでに勤三と笹野は二男三女の親だ。長女は十歳で、長男の幸男《さきお》は七歳になっている。かつて伴林光平が勤三に教えたように、すでに幸男には「大和は始まりの地だ」と教えている。

　泉涌寺の老僧が口にした言葉も、気になっている。

「東京も大阪も文明開化とかゆうて、西洋の真似ばっかりしてはる。日本中が日本の誇りを忘れかけてる。大和が堺県に呑み込まれたらあかんのと同じように、日本も西洋に呑み込まれたらあかん」

そんな思いを、わが子のみならず、大和の子供たちに広く伝えたい。その第一歩が県議会選挙への進出になると信じていた。

翌日、勤三が投票者名簿を確認していると、裏口の方が騒がしくなった。何事かと筆を置いて行ってみると、富本家のノトが来ていた。いつもは仲のいい智加が、しきりに何か押し留めている。

「ノトさん、それは黙っといて。勤三は子供の頃から、言うても聞かん子やし」

「いいや、これは言うてやらんと、笹野ちゃんが可哀そうや。智加さんは黙っといて」

見れば台所の隅で、笹野が生後半年になる次男を抱き、身を縮こめるようにして立っている。

勤三は台所の入り口で立ち止まり、少し声を張って聞いた。

「何を騒いどる?　わしがなんやて?」

突然、本人が現れて、智加も笹野も目を丸くした。だがノトはこれ幸いとばかりに、裏口から台所に上がり込んできた。

「勤三さん、あんた、選挙に出るんやってな」

勤三は思わず声が高まった。

「そないなことを笹野が、よその家で言うたんですか」

するとノトは負けじと大声を張り上げた。

「笹野ちゃんは何も言うてへん。うちが根掘り葉掘り、智加さんから聞き出したんや」

「また、余計なおせっかいを」

勤三は顔をそむけてひとり言をつぶやいたが、しっかり聞き取られた。

「おせっかいやない。あんた、選挙に出るて仲間に約束する前に、智加さんや笹野ちゃんに、ひと言も相談せえへんかったやろ」

「そんなん、いちいち相談しますかいな」

「前に幸男ちゃんが何日も高い熱出して、智加さんと笹野ちゃんが必死に看病してたん、知らんやろ。あんたが大和行幸のことで走りまわってた頃や」

「知らんけど、それがどうした言いますねん」

「村にはお医者さんがおらんし、小さい男の子は、ちょっとした熱が命取りになることもある。笹野ちゃんは、あんたの留守中に大事な跡取り息子に何かあったら、あんたに顔向けができんて泣いてたんやで」

「そんなん知っとっても、わしには何もできんやないか」

「そらそうや。けど、あんたが議員さんになって、もっと家を留守にしがちになったら、五人も子供がおって、また誰かが病気になるかもしれん」

ノトは立て板に水の勢いでまくしたてる。

「それに今かて戸長の仕事、笹野ちゃんが肩代わりしてるやろ」

確かに郵便の窓口業務をはじめ、村内の冠婚葬祭から赤ん坊の誕生祝いまで、笹野が気を配っている。それによって人口の増減を把握できていた。

「そしたら、あんた、仲間に約束するより先に、笹野ちゃんに話すのが筋やないか。子供のことや家のこと、あんじょう頼むよて。何もかも決まってから聞いたかて、女は情けないだけや」

「話す順番なんて、どうでもええやないか」

「いいや、ようない。順番が大事や」

勤三は言い返せなくなって黙り込んだ。それでいて、この場で妻に頭を下げる気にはなれない。

すると笹野が赤ん坊を抱いたまま、小声で言った。

「もう、ええんです。うちは、もう」

少し涙ぐんでいる。間髪を入れずにノトが言い放つ。

「ええことあらへんッ」

勤三は、いよいよ腹が立ってきた。

「人の家のことに口出しせんでくれッ。わしの女房がええて言うてるんやッ」

「ほんまは、ええとは思うてへんッ。大和の女は我慢強い。なのに笹野ちゃん、泣いてるやないかッ」

言い合っても埒《らち》が明かない。勤三は踵《きびす》を返して大股で座敷に戻った。

それから投票者名簿の確認を続けたが、文字は目の前を素通りで、さっぱり頭の中に入ってこない。さっきのノトの言葉が、頭の中を駆けめぐる。

「仲間に約束するより先に、笹野ちゃんに言うとくのが筋やろ。子供のことや家のこと、あんじょう頼むよて。何もかも決まってから聞いたかて、女は情けないだけやないか」

確かに一理ある。だが勤三としても心配りはしているつもりだ。

家には女の手伝いが何人もいるし、乳飲み子のために子守も雇っている。家事や子育てを、何もかも笹野ひとりに押しつけているわけではなかった。

その夜遅くなっても、なかなか笹野は夫婦の部屋に戻ってこなかった。少し心配になって探しに行くと、茶の間に明かりが点いていた。

そっと中をのぞくと、ランプの明かりの下で、笹野が一心に子供の着物の肩上げをしていた。かたわらには小さな着物が何枚も畳んで積まれている。どれも子供たちの着古しで、五人の子供たちに順繰りに着せるために、着丈や肩上げを直しているらしい。

声をかけようとした時、表座敷から柱時計の音がした。数えると十二時だった。

笹野は握《にぎ》り鋏《ばさみ》で糸を切り、ようやく針を針刺しに戻した。子供の着物を膝に置いたまま、手を右肩に当てて、何度も首を傾げている。肩が凝っているらしい。

勤三は夕方に一番風呂に入って、晩酌をしながら夕食を終えると、後は軽く書類を確認するくらいで、早寝を習慣づけている。だから妻が、こんなに夜遅くまで針仕事をしているとは気づかなかった。それも、ひと晩やふた晩では終わらない量があるのだ。

子供の着物をたたみ始めたところに、勤三は声をかけた。

「さっきの話な」

笹野は驚いて顔を上げた。

「まだ起きてはったんですか」

勤三はかまわずに茶の間に入って、妻のかたわらにしゃがんだ。

「県議会の選挙のことやけどな、おまえに先に話さんかったんを、恨んでるんか？」

「恨むなんて」

「そんなら、なんで泣いてた？　何もかも決まってから聞いて、情けなかったんか」

「情けなかったゆうか」

笹野は口ごもりながら話す。

「自信があらへんのです。私が嫁いできた時は、この家は昔ながらの庄屋をしとったし、あんたが、そないに留守がちになるとは思いもせえへんかったし」

そして子供の着物に目を落とした。

「あんたがどないな人かは、一緒になる前から知ってますし、それを承知で嫁いできたんやから、何が起きても文句はないつもりでした。けど、いざとなると、うちひとりで、この大所帯を守っていけるやろかて、心細うなって」

「そんなら選挙は」

「いったん決めたら、あんたは人の言うこと聞かんことは百も承知です。そやから、うちも覚悟せえへんとならん。あんたかて、きっといろんな覚悟して、選挙に出るつもりやろし。ただ」

「ただ？」

「ただ、心細うて」

「おまえは理屈では承知できても、感情的にはあかんゆうことか」

「承知できへんわけやあらへんけど」

笹野は否定するものの、感情的に受け入れられないのは明白だった。

翌朝、着替えの手伝いに、智加が現れた。いつもなら笹野が手を貸すところだ。勤三は平静を装って聞いた。

「笹野はどないした？　機嫌でも悪いんか」

智加は背後から小袖を着せかける。

「別に普通にしとる。今朝は、うちが代わるて言うたんや」

「お母ちゃんも反対か。選挙のこと」

「うちはかまへん。あんたがやる気なんやから。笹野かて反対はしてへん」

勤三は黙って袖を通し、小袖を羽織った。智加が帯を差し出しながら言う。

「笹野は急に時代が変ってくのに、ついて行かれへんだけや。日が経てば納得するて」

「お母ちゃんは時代について行けてるんか」

「ついてけるも何も、うちは気楽な隠居の身やし」

智加は畳に正座して、勤三が脱いだ寝間着を片づけ始めた。

「思い返すとな、天誅組のことが起きた時、うちはちょうど笹野くらいの歳やった。あの時は、ほんまに怖かった。いつ奉行所の十手持ちが、この家に踏み込んで来るかと思うて、気が気やなかった。もしも、あんたが連れて行かれそうになったら、うちは命がけで守ろうと思い詰めとった」

寝間着をたたみ終えて息子を見上げた。

「それと比べたら、あんたが留守がちになるくらい、なんでもあらへん。けど笹野にしてみれば思いもせんかったことやろし、臆病になってしまうんやろな。けど、やってみれば平気や。大和の女は、そないな根性なしと違うし」

それきり家では選挙の話はせず、妻の気持ちを置き去りにしたまま、勤三は前に進むしかなかった。


明治十三年五月十五日、勤三は見事に選挙に当選して、堺県の県会議員となった。

大和からは二十五人が、河内と和泉からも、それぞれほぼ同数の議員が選出された。大和の議員たちは奈良県独立の望みを抱いており、その分、意気込みが強い。黒髭の恒岡直史が議長に名乗り出て、これも当選した。

定例の県議会は三月の一ヶ月間で、特別な案件のある場合は臨時議会が開催される。大和選出の議員たちは、恒岡を中心にして、粘り強く奈良県独立を話し合っていくつもりだった。

年が明治十四年に改まり、通常議会も近い二月のことだった。勤三は久しぶりに新政府からの公式文書を受け取った。いよいよ議会が開催されるにあたって、何か注意事項でもあるのかと、ていねいに封を開いた。

だが、すぐに目を疑った。

「堺県を廃し、大阪府へ合併候う条、この旨、布告候うこと」

日付は明治十四年二月七日、布告元は太政大臣だった。

勤三は額から冷たい汗が滲み出すのを感じた。五年前に堺県に合併させられ、今度は大阪府に呑み込まれようとは。

もしかして合併は河内と和泉だけで、大和は別ではないかと、文書を何度も見返したが、特に記載はない。やはり大和、河内、和泉が同時に、大阪府に組み入れられるのだ。

じっとしていられなくなり、文書を懐に入れ、台所にいた笹野に大声で告げた。

「奈良の派出所に行ってくるッ」

返事も待たずに、下駄履きのまま屋敷門から飛び出した。まず服部蓊を誘いに行こうとして、ちょうど途中で出会った。

「今、呼びに行くところやった」

たがいに思いは同じだった。

ふたりで駆け通し、奈良の町に着いた時には、すでに日が西に傾き始めていた。派出所の庭先に飛び込むと、座敷にいた全員が振り返った。

「勤三も翁も、よう来てくれたな」

すでに近在の県会議員や戸長たちが集まっていた。口々に言い立てる。

「大阪府に合併なんか許さんぞッ」

「新政府は勝手なことを言いおってッ」

「大阪のええようにはさせんからなッ」

勤三は庭先に立ったまま、なおも激しい息で肩を上下させて言った。

「明日、堺に陳情に行こう。来月の議会まで待てん。臨時議会を開催してもらうんや」

男たちは一気に熱くなった。

「そうや臨時議会開催やッ。こない大事なことは、すぐに話し合うべきやッ」

さっそく派出所近くに宿を取り、勤三も翁も翌日に備えた。夜になってから、ようやく黒髭の恒岡が遠路を駆けつけた。

「明日は、わしも堺に行く。大勢で押しかけて、こっちの熱意を示すんや」

臨時議会の開催は、議長の恒岡には権限がなく、県の最高責任者である県令に任されている。

堺県令は明治四年から税所篤《さいしょあつし》という元薩摩藩士が務めている。廃仏毀釈を強力に推し進めた人物であり、その点で、勤三たちはいまだに警戒して、少し距離を置いている。

税所は幼い頃から、大久保《おおくぼ》利通《としみち》や西郷隆盛《さいごうたかもり》と親しかったと聞く。それだけに新政府中枢への影響力も強い。もしかしたら今度の大阪府への合併は、税所の差金《さしがね》かもしれなかった。そうなると臨時議会の開催は、きわめて難しくなる。

翌早朝までに二十名近くの県会議員が集まり、全員で堺に向かった。

堺へは大和川を川舟で下る。昔から氾濫が頻発する川で、築堤や川筋の付け替えなど、河内や和泉との共通の課題も多い。また、この舟運があるために、堺とのつながりには浅からぬものがある。

一方、大阪は、全国から米や物資が集まる港町で、堺の港も大阪と関わることで栄えてきた。しかし大和と大阪の間には、直接的な絆はない。むしろ京都とのつながりの方が強い。そのために堺県に組み入れられた時にも増して、今回の合併の違和感は大きかった。

勤三ら一行は、本願寺別院に設けられている県庁に直行した。堺の町で最大の建物だ。さんざん待たされてから、税所篤が座敷に現れた。小柄だが、いかにも負けん気の強そうな顔立ちだ。彫りの深いところは大久保利通と共通し、目の大きいところは西郷隆盛と同じで、いわゆる薩摩顔らしかった。

それが傲然と言い放つ。

「大阪への合併の件なら、不平の申し立てはできもはん。臨時議会も開きもはん」

一同がざわつき始めた。恒岡が仲間たちを制して聞いた。

「なんで、お申し立てできんのでっか」

税所は一枚の書類を、ふところから取り出して開いた。

「これは先日の布告じゃ。太政大臣の三条実美《さんじょうさねとみ》さまのお名前で発せられちょる。ということは帝が認められたものであり、帝に物申すことは、とうてい許されんこっじゃ」

　そんな理屈があろうとは、勤三は夢にも思わなかった。仲間たちも呆気にとられて、何も言えない。だが、こんなことで押し切られるわけにはいかない。思い切って勤三が口を開いた。

「そしたら何のための議会でっか。自分たちの県のことなのに、何も言えへんとは」

「議会は県内のことを話し合う場じゃ。じゃっどん、どの地域がどの県に属するかは、県内の懸案ではなか。あくまでも政府が決めることじゃっで。地元の言い分を、いちいち取り上げとったら、いつまで経っても県境の線引はでけん」

「けど、なんで今、大阪府と合併せんとならんのか、理由を聞かせてください」

　税所は少し眉を曇らせた。

「それは新政府の判断じゃ。そうとしか言えん」

　勤三は、なおも食い下がった。

「けど税所さまご自身は、どう思うてますのや」

「おいは政府の決定に従うだけじゃっど」

　木で鼻をくくるような対応で、つけ入る隙がない。すると、また恒岡が言った。

「それでしたら、どうか臨時議会を開いて、税所さまのご意見を、お聞かせください。なんで政府が、そないな判断をされたのかも」

「そげなこつは関係なか。とにかく臨時議会は開かん」

　税所は、いかにも不愉快そうに答えて、立ち上がろうとした。いっせいに男たちが大声を発する。

「待ってください。まだ話は終わってません」

「わしらは何がなんだか、わかりません」

「どうか、ご説明をッ」

だが税所は強引に場を収めようとした。

「これ以上の説明はなかど。帰れッ。今すぐ、大和に帰るんじゃッ」

しかし男たちも立ち上がり、口々に不満を言い立てる。税所が座敷から出ていこうとすると、行く手をふさぐ者も現れた。税所は男たちに取り囲まれ、もみ合いになった。

その時だった。とてつもない怒声が座敷に響き渡った。

「鎮まれえッ」

一瞬で静寂が戻り、誰もが声の方向を見た。

そこには見るからに剣の手練《てだれ》が数人、抜刀して仁王立ちになっていた。銀色の抜身《ぬきみ》が不気味に輝く。

税所の行く手をふさいでいた男に、先頭のひとりが切っ先を向けて言った。

「どけッ」

目の前に刀を突きつけられた男は、すでに顔面蒼白だった。及び腰で一歩、二歩と後ずさる。

税所は素早く左右に目を配り、大股で座敷から出ていった。抜刀した男たちは、すぐさま剣を鞘《さや》にもどし、その後を追う。

張り詰めていた空気が緩んで、仲間たちが深い息をはく。その場に座り込んでしまう者もいる。

勤三は不愉快だった。詰め寄っただけで刀を突きつけられ、それに対して自分たちが、まるで無力だったことが悔しくてならない。

恒岡が、つぶやくように言った。

「しゃあない。今は引き上げよ。出直しや」

すっかり気が削がれてしまい、もはや不満をもらすものもいない。

皆が肩を落として帰路につく中、勤三は最後尾を歩く恒岡と並んで、小声で言った。

「税所さんのことやけどな」

仲間に聞かれないように、髭に触れそうなほど肩を寄せた。

「わしが合併のこと、どう思うてはるか聞いた時、自分の考えは答えんで、政府の決定に従うだけやて言うたやろ」

「ああ、そう言うたな」

「思うに税所さんは、合併に賛成してへんのやないか。堺県がなくなったら、県令も辞めなあかんわけやし」

「辞めたかて、どうせ東京で栄転や。あないに刀で脅かして、わしらと同じ考えのわけがあらへん」

だが勤三は諦めきれなかった。

「わし、もういっぺん税所さんに会《お》うて、合併の理由を聞いてみようと思う」

「あかん。また押しかけていったら、今度こそ斬られるぞ」

「いや、さっきは大人数やったさかいに、本音は言われへんけど、一対一なら腹の中、聞かしてもらえそうな気がするんや」

「それは止めたほうがええ。いや、止めえ。斬り殺されて、あることないことでっち上げられて、おまえは重罪人扱いになるぞ。死人に口なしや」

「そんなん、かまへん」

「勤三、おまえは女房子供のことを考えなさすぎや。そんなことになったら、おまえの子供らは、これからの長い人生、重罪人の子として生きなあかんのやで」

それを指摘されると胸が痛む。だが勤三は引く気にはなれなかった。

「上手くやるさかいに大丈夫や。それに今、この話をしとるのは、恒岡さんに許可もらうためとは違う。恒岡さんが、あかん言うても行くつもりや」

「ほんなら、なんで、わしに聞かすんや」

「今から、ひとりで県庁に戻る。しばらくしたら誰かが気づくやろ。勤三がおらんて。特に蓊は心配してわしの後を追うかもしれん。その時に、みんなに騒ぐなと言うて欲しいんや」

恒岡は難しい顔をしているが、かまわずに話した。

「そのまま皆を大和に連れて帰って、わしの加勢には来んようにして欲しいんや。また大勢で押しかけたら失敗するさかいに」

すると恒岡は小さくうなずいた。

「わかった。ただし無理はせんでくれ。あくまでも下手に出て、それであかんかったら、それ以上は押さんで帰ってこい。わしらの仲間から罪人を出したら、今後、わしらも動きにくうなる。その点を、よう考えてな」

勤三もうなずいた。

「わかった。ごり押しはせえへん。約束する」

そして気づかれないように、そっと仲間たちから離れた。


県庁に戻ってみると、本願寺別院当時からの門には、銃を手にした門兵が立っていた。さっきの騒ぎで警備を厳重にしたらしい。

勤三は県庁から離れ、近くの町で税所の屋敷の場所を聞いた。すると出入りしているという商店の女将《おかみ》が、もとの奉行所だと教えてくれた。

堺は古くは南蛮貿易で栄えた港町だ。その後、徳川政権下では幕府の直轄地となり、奈良と同じように奉行所が置かれていた。明治維新後、いちどは奉行所の建物が県庁として利用されたが、たちまち狭くなって、本願寺別院に移されたのだ。

奉行所跡に行ってみると、まだ税所は帰宅した気配はなく、勤三は門前にたたずんで待った。県庁ほど守りは固くない。

しだいに日が陰り、周囲の武家屋敷跡の高張提灯に火が入り始めた頃、県庁の方から三人の人影が見えた。

向こうも勤三に気づいたらしく、前後ふたりが身がまえた。真ん中の小柄な人影は税所で、前後が用心棒らしい。先頭の男は、こちらの様子を見ながら、おもむろに刀の柄《つか》に手をかけた。

勤三はその場に正座し、手のひらを地面に突いた。襲う意志がなく、武器も携えていないことを示すためだ。

すると三人は、ゆっくりと近づいてきた。税所が勤三の目の前に立った。高張提灯の明かりで、彫りの深い薩摩顔が、なおさら際立つ。

「何の用じゃ？」

勤三は両手をついたままで答えた。

「昼間は大勢で騒ぎ立てて失礼しました。やはり、もう少し、お話を伺いたいのです」

「話なんはなかど。昼間に言った通りじゃっど」

「けど、このままやったら納得ができまへん。税所さまから何かうかがっても、天に誓って公《おおやけ》にはしませんさかいに、どうか実のところを、お話しください」

税所は黙ったまま動かない。勤三は、もうひと押しした。

「私の学問の師は、今から十八年前に挙兵した天誅組のひとりでした。私は師から大和の誇りを教わりました。このままでは私は帰れません」

するど税所は意外なことを言った。

「天誅組というと、あの先走った連中のこつか。五条の代官所に押し入って、代官どんを殺した」

勤三には、税所の言いようが聞き捨てならなかった。

「先走ったのではなく、明治維新の先駆けになったのです」

「そうか、先駆けじゃっとか。とにかく天誅組の弟子どんに、堺の奉行所跡に押し入られんで、おいは、まだ運がよかったど」

茶化された気がして許しがたかったが、爆発寸前に税所が言った。

「中に入れ」

前後の用心棒も緊張を解いて、門の中に入っていく。なぜ急に雲行きが変わったのか理解できなかったが、ともかく急いで立ち上がって後を追った。

座敷に通されて待っていると、税所が着流し姿で現れた。勤三と向かい合って座ると、すぐに銘々膳《めいめいぜん》が運ばれてきた。食事を振る舞われるとは、いよいよ思いもかけなかった。

税所は徳利を持ち上げて言った。

「まあ呑めよ」

しかし猪口《ちょこ》がない。勤三が戸惑っていると、税所は膳の上にあった小ぶりの湯呑を目で示した。茶碗酒かと驚きつつも手に取ると、どぼどぼと酌《しゃく》をしてくれた。さらに手元の鉄瓶から湯を注ぎ入れる。

もしかして焼酎かと気づいたが、断るわけにもいかない。口元に近づけるなり、強い匂いにむせ返りそうだった。それをこらえて、ごくりと飲み込む。

「おいの話を公にせんと言うたな。じゃっどん、仲間にも話さんわけにはいかんどが」

勤三は酌を返しながら答えた。

「お聞きしたことは、あくまでも私の憶測として伝えます。それでも仲間には充分に伝わりますさかいに」

税所は手元の湯呑を見つめて聞いた。

「憶測か。で、何を憶測したかとじゃ？」

「まずは税所さまの本心を。大阪合併に賛成か反対か」

「おはんどんは、どげん見とる？」

「多分、反対やないかと」

「悪くなか憶測じゃ」

肯定したも同然だった。

「そしたら、なんで今、堺県が大阪府に合併するんか、その理由を、お聞かせください」

税所は湯呑をあおってから言った。

「おはんの憶測は、こげんじゃ。大阪府は府域が小さかで、東京府と比べて人口も三分の一しかおらん。都が東京に移って、京都が不況になり、それが大阪にも影響して、深刻な不況に悩んじょっど。それに港が旧式で、港湾整備もしたか。そこで府域を拡大して、税収を増やし、大阪を救いたかちゅうこっじゃど」

勤三は愕然とした。

「ということは、大阪を助けるために、ほかの地域が犠牲になるゆうことですか」

さすがに返事がない。税所は手酌で焼酎と湯を注ぐと、また豪快に飲み、大きく息をついてから言った。

「大阪から堺までは、わずかに三里ほどで道も平坦じゃっど。ゆえに合併しても問題はなかちいうのが、政府の考えじゃ」

「そんなら大和が合併するのは筋が違います。大阪からは山を越えんとならんし、文化も歴史も違います」

「そいはそうじゃ。堺は港町じゃし、大阪の町が元気になれば、その元気が伝わってくる。じゃっどん大和には関わりのなか話で、今度の合併は、たしかに大和には割が合わんど」

「それも私の憶測ですね」

「もうよか。おいが合併に反対しちょるのは、嫌というほど政府に伝えてある。そいでも、どげんにもいかん」

酒がまわってきたせいか、初めて本音がもれた。

勤三にしてみれば、すでに税所が新政府に反対を伝えてあったとは意外だった。さんざん反対した結果が合併なら、これ以上、何もできないというのも道理ではある。

また税所は勤三に焼酎を勧めた。

「おいは近々、東京に呼び戻される。じゃっで今は何もしてやれんが、おはんらが覚悟を決めて東京に陳情に来るなら、誰と会うたらよかかくらいは教えてやれっかもしれん」

意外な話に、勤三は胸が高鳴った。

「ほんまですか」

「おいが嘘など言うものか」

「そしたら、お願いするかもしれません」

「わかった」

税所が、これほど話の通じる相手だとは予想外だった。しかし、なおも違和感が残る。

「もうひとつだけ、教えて頂きたいことがあります」

「なんじゃ？」

「さっき、天誅組のことをお話ししたら、私を中に入れて頂けましたが」

「別に天誅組は関係なか。じゃっどん、おい自身、合併には反対じゃったし、昼間、刀で脅かしたちゅうのは、やりすぎじゃったでな」

「そうでしたか。けど、天誅組を先走ったと仰せになったんは、なんでですか」

税所は不思議そうに聞き返した。

「おはんどんは天誅組を誇りに思うちょっとか」

「もちろんです。明治維新を先取りしたんですさかい」

「そがん言えば、そうじゃな。じゃっどん政府内では、さほど評価が高いわけじゃなか」

「なんでですか」

「おいにはわからん。とにかく東京じゃ、天誅組は先走った集団じゃっと見なす者が多か」

驚くべき話であり、天誅組の評価が低いことと、大和が堺県や大阪府に呑み込まれることとが、無関係ではないような気がした。だが根拠はないし、ここで言い立ててもしかたない。

勤三は、なんとか湯呑を空にし、料理を平らげると、両手を前について礼を言った。

「いろいろ、お話しくださいまして、ありがとうございました。もし東京に陳情に行くことになったら、どうか、お手助けください」

税所も湯呑を膳に戻して言った。

「わかった。そん時は協力すっで」

合併自体はともかく、予想していなかった成果ではあった。


結局、大阪府との合併は覆《くつがえ》せないまま、すぐに府会議員の選挙が始まった。不平を言っている暇はなく、とにかく議員にならなければ、これからも大和は犠牲にされかねない。

勤三は妻に事情を説明した。

「大阪の府議になるしかない。わかってくれ」

「今度は大阪に行かはるんですね」

「もしかしたら東京にも行くかもしれん」

「東京へ?」

笹野は驚きとも、哀しみともつかない表情になった。

大和で生まれ育った者にとって、京都や大阪ですら遠い場所であり、東京など一生縁がないと思うのが普通だ。だから妻の気持ちもわからないではない。それでも前に進むしかなかった。

するとと笹野は針箱の引き出しから、布袋を取り出した。受け取ると持ち重りがして、中身はお金らしかった。

「これは？」

勤三が戸惑うと、笹野は固い表情のままで答えた。

「何かの要り用があるかもしれへんと思うて、家計をやりくりして、ちょっとずつ貯めたお金です。これで洋服を誂《あつら》えてください」

「洋服を？」

「ノトさんから聞いた話ですけど、大阪のお役所は洋館やし、お役人さんも議員さんも洋服やそうです。せやから、あんたも」

「そしたら賛成してくれるんか」

「正直ゆうたら、賛成はできません。けど、どうせ行かはるんやったら、大和の代表として恥ずかしないように、立派な身なりで行って欲しいんです」

勤三としては大阪の議員たちが洋服なら、あえて和服で通したいところだ。それでも笹野の気遣いを受けることにした。

「わかった。そしたら大阪のテイラーで洋服を誂える」

そうして洋服姿で選挙に挑み、今度も恒岡たちと一緒に当選した。

勤三が意気揚々と安堵村に帰ってくると、笹野は少し気恥ずかしそうに迎えた。

「よう似合《にお》てはります」

子供たちも遠巻きにして、物珍しそうに父親の洋服姿を見る。

勤三は子供をあやしたり、一緒に遊んでやったりするのは得意ではない。ただ自分の信念や生き方を見せて、育てるしかないと思っている。

夜、寝室で枕を並べて、笹野が言った。

「うちも留守を守る覚悟は、だんだんできてきました。けど心配なんは、あんたのことです。前にも刀で脅されたて聞きましたし、いつか斬られたりせえへんかと」

勤三は妻に微笑みかけた。

「大丈夫や。無理はせえへん」

本心は志のためなら、いつだって命を捨てる気でいる。伴林光平がそうしたように。ただ妻には安心させたかった。


大阪府庁は港に近い江之子島《えのこじま》にあった。明治七年に完成した堂々たる洋館で、新政府の意気込みが推し量れる建物だった。

府議会の方は本願寺津村別院、通称、北御堂《きたみどう》で、当選早々に通常議会が開かれた。

大阪府の再優先事項は、大阪港の整備だった。今は大型の蒸気船は沖泊《おきどまり》だが、大規模に海底を掘り下げて、横づけできるような桟橋を造るという。

また議事堂も現状の寺ではなく、県庁のような立派な洋館を新築したがっていた。莫大な公金を投資して、町の繁盛を招き寄せる狙いだった。

一方、大和の議員としては、自分たちが収めた税金を、まず河川整備に使いたかった。だがこのままでは、念願だった水源からの一貫計画が、いよいよ遠のいていく。それに伴う道路網建設も手つかずだった。

府知事の提案を聞く限りでは、大和の存在など眼中にない。あくまでも大阪の町のための府議会だった。それに対して、以前からの大阪府議はもちろん、河内や和泉から選出された議員たちも賛同し、勤三たちは多数決で押し切られてしまった。

そうこうしているうちに勤三は、四国で分県の動きがあると耳にした。

四国は地名の通り、古くから四つの国に分かれていた。南側が土佐で、東が阿波、北東は讃岐、そして北西が伊予だった。

それが一時、二県になり、三県にもなり、今は愛媛県が熱心に分県に取り組んで、もとの四県に戻ろうとしているという。

勤三は恒岡と蓊に言った。

「愛媛に行ってみようと思う。どうやって分県を進めたらええか、具体策を聞いてくる」

恒岡は不安そうに聞いた。

「ひとりで行くつもりか。教えてもらえるやろか」

蓊も申し出た。

「わしも一緒に行こか」

「いや、金もかかるし、今度は危ないこともないし、ひとりで大丈夫や。誠心誠意、頼んだら、きっと教えてもらえるやろ」

その年の稲刈りと納税を済ませてから、勤三は松山に出かけた。旅費も滞在費も自前だが、もう笹野は何も言わずに送り出してくれた。

大阪から蒸気船に乗り、瀬戸内海を西に進んだ。海は堺や大阪で見てはいるが、蒸気船の旅は初めてだった。次々と現れる島影が美しく、潮風が心地よかった。

愛媛県の松山港で下船すると、はるか西の対岸は、もう九州だという。

勤三は知らない町に右往左往しながらも、必死に聞き合わせた。すると関新平《せきしんぺい》という愛媛県令が、分県に熱心だと耳にした。

さっそく県庁に出向いて面会を願い出た。愛媛県庁も洋館だが、明るい色合いの瓦屋根と白《しろ》漆喰《しっくい》の外壁に、アーチ型の窓が美しい平屋だった。南欧風の建物で、大阪府庁のような威圧感はない。

だが紹介状もない身では、あっけなく門前払いを食った。とはいえ、こんなことは予想ずみだ。何度も出向いて、とうとう面会にこぎつけた。

関新平は色が浅黒く、髪をきっちりと七三に分け、口の重そうな容貌だった。

勤三は事情を説明してから、言葉を尽くして頼んだ。

「勝手なお願いではありますが、こちらで進めておいでの具体策を、参考にさせていただきたいのです」

するとは黙ったままで、くるりと背を向けた。勤三は拒絶されるものと覚悟した。自分たちが苦労して築いてきた方策を、そう簡単に教えてもらえるはずもなかった。

再びこちらを向いた時、関は手に一冊の和綴本を持っていた。本棚から取り出したらしい。重そうな口が開いた。

「これは私たちが内務省に提出した書類です」

関には、かすかに九州のなまりがあるが、それを気にしてか、県令とは思えないほど、ていねいな言葉づかいで話す。

「ほかの地方でも同じでしょうが、四国も廃藩置県当初は、いくつもの県に分かれました。それから紆余曲折《うよきょくせつ》を経て、いったんは四県にまとまったものの、明治九年には愛媛と高知の二県だけに統合されてしまったのです」

その後、高知県から徳島県が分かれたが、いまだ旧香川県は愛媛県の一部になっている。これを関は、もういちど独立した県に戻したいという。

「私は、もともと九州の佐賀の出ですが、県令として愛媛に赴任して、まだ一年半です。でも来てすぐにわかりました。やはり四国は四県に分かれるべきだと。歴史も人柄も違いますし。それに今の愛媛県は東西に長過ぎて、行き来が不便で、まとまりがつかないのです」

手に持っていた和綴本をぱらぱらとめくった。表紙に「旧香川県 分県請願書」とある。

「分県請願書は書式が決まっているわけではありません。大和は大和なりの訴えを書いて、お出しになったらいいと思います。遠慮なく、ご覧ください」

目の前に差し出され、勤三は受け取って開いてみた。序文から細筆で、びっしりと文字が連なっている。次をめくると代表者の名前が、ひとり一行ずつ並んでいた。

本文は「地形、人情、治世の沿革」と題して、またびっしりと文章が書き込まれている。続いて「郡数」「町村数」「戸数」「人口」「寺社数」「学校数」「教員数」「税収」などの詳細な数字が並ぶ。

勤三は和綴本を手にしたままで聞いた。

「つまりは自分たちの地域が、ひとつの県としてやっていかれるゆうことを、具体的に数字などで示せば、よろしいのですね」

「その通りです。ただし私たちは、ひとつ大きな失敗をしました」

「失敗？」

「これを手書きにしたことです。一部だけ内務省に差し出せば、当該部署に回覧してもらえると思っていたのですが、それは甘い考えでした。手書きではなく、印刷して手当たり次第に配るべきだったのです」

「印刷？　普段、私らの手元に届く公式文書のようにですか」

「そうです。東京には、個人の印刷でも引き受けてくれる印刷所があります。そういうところに持ち込んで、百部ほど刷ってもらえばよかったのです」

「百部も？」

「私たちは、控えを手で書き写して配りましたが、数十冊は書いたと思います。それでも足りませんでしたし、とてつもない作業で手間取りました。印刷してしまえば早いし、もっと広く訴えられたと思います」

関新平は第一印象とは裏腹な雄弁家で、さらに助言をしてくれた。

「私たちは愛媛県として、香川県の分県を推し進めていますが、そちらでは大阪府の協力は仰げないのでしょう。そこが最大の難関になりそうですね」

たしかに税収入を減らすことになるのだから、大阪府が賛同するはずがない。それでも勤三は力強く答えた。

「わかりました。とにかく、やってみます」

関は初めて笑顔を見せた。

「あなたのように熱心な部下が、この県庁にいてくれたらと思います」

「私が、ですか」

「ええ、この辺りの人柄は、のんびりしていて、困難に立ち向かっていく役人がいないのです。分県が今ひとつ進まないのも、その辺に理由がありまして」

さらに冗談めかして言う。

「いっそ愛媛に来ませんか。歓迎しますよ」

「おおきに、ありがとうございます。身に余るお話です」

勤三も笑って礼を言い、県令室から退いた。

5　大和独立へ

勤三は松山から大和に帰国するなり、恒岡たちに提案した。

「まずは人集めや。有志の会を結成して、そこで話し合うて、大和全体で奈良県独立の気運を高めていくんや」

だが恒岡は黒髭に手を当てて、厳しい表情で言った。

「今度こそ、いっぺん走り出したら、後戻りはでけへんぞ。今まで堺県や大阪府の議員になったんは、目の前に船が来たから乗ったようなもんやけど、今度は自分らで船を仕立てて、見たこともない大海原に漕ぎ出すんやからな。それも成果を出して、沈没せんで帰ってこんとならんのやで」

それでも勤三は覚悟を口にした。

「わかってる。けど頑張れば、きっと上手くいく。いや、絶対に上手いこといかせたる」

奈良は四国よりも、はるかに古い歴史を持つ。それも古墳時代までさかのぼる、ほかにはない古都としての歴史だ。

新しくは明治維新の先駆けになった天誅組の実績もある。薩摩出身の税所篤が、政府内での天誅組の評価は高くはないと言ったのが気にはなるものの、やはり誇るべきことだった。

結局、府議会の議員を中心に、大和の五つの地区割からふたりずつ有志を集めて、十人による会合を持った。

ただし奈良の派出所では、大阪府に聞こえる恐れがあった。それに奈良の町は盆地の北に位置し、十津川郷のような南の山間部から足を運ぶには遠すぎる。

そこで会合は、田原本村の土橋亭という茶屋で開いた。田原本村は盆地のほぼ中央にあり、大和全域から人が集まりやすかった。

会合では内務省への陳情を決定した。今後一年かけて有志たちが各地を遊説《ゆうぜい》し、同時に請願書に記載する数値を、徹底的に調べ上げることにした。

翌明治十五年の三月に定例の府議会が開かれたが、そこで決定された施策も、ほとんどが大阪に集中していた。それによって奈良県独立の気運は、いよいよ高まった。

夏の間に遊説や調査が進み、恒岡が文面を練った。総戸数は九万九千六十戸、人口は四十六万八千七百二十一人と把握できた。

秋の稲刈りと納税が終わった十一月三日には二回目の会合を持ち、前回と同じ土橋亭に四十人以上が集まった。その場で上京の人数や旅費、日当などの条件を決めた。

一週間後の十一月十日に、土橋亭で三度目の集会を開いた結果、勤三と蓊、恒岡の三人が陳情団として選出された。

勤三は安堵村の自邸に帰って、笹野に告げた。

「今度の東京行きは、請願書を出してくるだけや。せやから何も心配はあらへん。けど万が一、わしの身に何かあったら、子供らのことは頼むで」

堺県議の選挙に出ると言って、笹野を泣かせてから二年半。今や十二歳の長女を頭に、この秋口には三男が生まれたばかりで、六人の子持ちだ。

「こんなご時世やさかい、土地さえ持ってたら安泰ゆうわけにはいかん。せやから子供らには、ちゃんとした教育を受けさせたい。学問さえあったら、どんな時代になっても、どこへ行っても、生きてけるやろし」

教育費のためなら田畑を手放してもかまわないと言うと、笹野は固い表情ながらも、しっかりとうなずいた。


十一月二十日、勤三は村を出て、恒岡と蓊とともに大阪に向かった。翌二十一日夜には蒸気船に乗り込み、船中に二泊して二十三日の朝、横浜港に着いた。

横浜で艀船《はしけぶね》に乗り移る時に、恒岡が港を見まわしてつぶやいた。

「こりゃ、大阪が焦るのも道理やな」

大阪港には五百石積み、千石積みの帆掛け船をはじめ、毎日、無数の出船入船がある。だが横浜港には国内外の蒸気船が、あちこちに錨《いかり》を下ろし、その間を小船が所狭しと行き交う。差は歴然としていた。

上陸してみると、西洋館が建ち並び、西洋人が闊歩《かっぽ》している。日本人も洋服姿が圧倒的に多かった。

三人は右往左往しつつも、横浜ステーションにたどり着き、九時十五分発の列車に乗り込んで東京に向かった。

漆黒の蒸気機関車が煙をはきながら、長い客車を引っ張って走る。その力強い姿と驚異的な速度に、勤三は心奪われた。そして客車内で恒岡と蓊に言った。

「奈良県が独立したら、わしは県内に鉄道を敷きたい。京都や大阪や堺と奈良とを結んで、盆地の中にも鉄道を走らせたる」

ふたりとも夢見心地の反応だった。

「ええなァ、それ」

「列車の窓から五重塔が見えたら、面白《おもろ》いやろなあ」

「五重塔か。それもええなァ」

三人は子供のように胸を高鳴らせた。

新橋ステーションに着くと、案内所で宿を探し、神田の今川小路にある手頃な旅館に入った。

翌日、真っ先に税所篤の屋敷を訪ねた。税所は堺県令を辞めてから、東京に移って元老院議官を務めている。

請願書の草稿を読んでもらうと、いつもの薩摩顔をほころばせた。

「よか文章じゃと思う。大和が県として独立すべき地域じゃというこつが、ようわかる。印刷ができたら何部か預かろう。大久保や西郷が生きちょったら、きっと手助けしてくれたと思う」

税所の盟友だった西郷隆盛は、明治十年の西南戦争で命を落とし、大久保利通はその翌年、東京で馬車で移動中に、暴漢に襲われて亡くなった。

「最近は長州のもんばかりが、政府ん中で大きな顔をしちょっが、薩摩人にも分県に力を貸せそうな者はおるで、請願書を配るくらいはすっど」

勤三たちは百人力を得た思いだった。

そこで、いったん宿に戻って、神田界隈の印刷所を紹介してもらい、三人で出向いてみた。町家をそのまま作業場にした小さな印刷所で、恒岡が草稿を差し出した。

「これを百部、急いで印刷して欲しいんやけど」

指先が黒く染まった職工が受け取って、ぱらぱらとめくった。

「明日には校正刷り《こうせいず》を出しますんで、間違いがないか見てもらって、直してから念のため再校正を出します。それでよければ、本刷りと綴《と》じまでして、四、五日で納品できますよ」

あまりの速さに驚いた。値段も思ったほど高くない。勤三は遠慮がちに聞いた。

「どうやって印刷するんか、見せてもろてもええか」

「見ますか？　かまいませんよ」

職工は気軽に奥の作業場に案内した。

そこには壁一面に棚がしつらえてあり、各段に格子状の木枠がはまっていた。その中に、びっしりと金属製の活字が収められている。

職工は金属の枠と、恒岡が清書した原稿を左手に持って、棚の前に立った。そして右手で壁の活字を拾い、手元の金属枠に素早く移し始めた。

勤三は恒岡と翁とともに、その作業を瞬きもせずに見つめた。

たちまち一行分の活字が枠に並ぶ。すると職工は棚から細長い金属片を取って、活字の横にぴたりと収め、次の行に取りかかる。紙に印刷した時に、細長い金属片が罫線になるらしい。

二行、三行、四行、五行と、見る間に行数が増えていき、恒岡の書いた文章の通りに、金属枠が埋まっていく。

とうとう全面が埋まり切ると、職工は金属枠を軽くたたいて活字を寄せ、できた隙間に、さらに小さな金属片を押し込んで、全体を動かないようにした。

それを印刷機のところに持っていき、機械の台の上に置いて、枠ごと器具で固定した。それから紙を準備し、あれこれと機械を調整してから、側面の大きな取手を、くるりと回転させた。

次の瞬間、勤三たちは息を呑んだ。木製の台の上に、美しく印刷された紙が、手品のように現れたのだ。

恒岡が恐る恐る手に取り、たちまち歓喜の表情に変わった。

「わしの文章や。わしが書いた文が、印刷になっとる」

勤三も翁も急いで紙面を覗き込んだ。一瞬で印刷できるとは、信じがたい思いだった。

「これで何枚も刷るんでっか」

勤三の質問に、また職工が機械を調整しながら答えた。

「新聞社みたいに、たくさん部数を刷るところは、蒸気機関でまわすけれど、うちみたいに小さいところは手作業ですよ」

活版印刷は明治維新前に、長崎通詞《つうじ》がＡＢＣの活字を輸入して、長崎出島のオランダ人から、刷り方を習ったのが始まりだという。

ただしアルファベットは文字数が少ないし、文字の形も単純で、日本語には応用できなかった。そこでオランダ語の単語を活字で組み、日本語は木版で彫って、蘭日辞典を刷った。

その後、上海に漢字の活字があることがわかった。もともとは遠くローマで、中国語の聖書を印刷するために開発したものだった。

長崎通詞たちは、さっそく上海から漢字活字を輸入し、それを種文字にして、さらに平仮名やカタカナを足したのだという。

職工は活字の表面を示した。

「上海から輸入された活字は、明の時代から楷書の手本になっていた書き方だとかで、明朝体《みんちょうたい》と呼ばれています」

勤三は棚一面に収められた活字を振り返って聞いた。

「あれだけの活字が、ほかの印刷屋さんにもあるんですよね。どうやって、そんなにたくさんの活字を作るんでっか」

「活字を大量生産する工場が、築地にあるんです。長崎通詞だった人たちが、金属メッキの技術で活字を作っているそうです」

凸型の種文字に分厚くメッキして、それをはがして凹型を作り、そこに別の金属を溶かして流し入れ、凸型の活字を量産するという。メッキの技術は、昔から仏具などに用いられており、それを応用していた。

勤三は、印刷した布告を初めて受け取った時にも興奮したが、たった今、目の当たりにした新技術には、いっそう心奪われた。

翌朝、宿に届いた新聞を開いて、勤三はつぶやいた。

「この活字も、昨日みたいに一文字ずつ拾って、印刷するんやろな」

恒岡が何を当たり前のことをという顔をした。

「そらそやろ。大阪の毎日新聞かて、大阪朝日かて同じじゃ」

勤三は新たな夢を口にした。

「わし、大和に鉄道を敷くだけやのうて、新聞も出したい。大和で暮らす者のために、地元紙を作ろうと思う」

恒岡は蓊に笑顔を向けた。

「まったく勤三はえらいやっちゃ。次から次へと、いろいろ考えつくもんやで」

蓊も笑って答えた。

「ほんまや。けど、こいつやったら、ほんまにやりそうやで」

その後、印刷所と校正のやり取りをして、結局、百五十部を発注した。

二十七日の朝、宿の前に大八車が停まって、薦被《こもかぶ》りの荷物が三つ届けられた。荒縄《あらなわ》と筵《むしろ》をほどいてみると、中からは、きれいな紙に包まれた和綴本が五十冊ずつ現れた。

三人は歓声を上げた。

「できたッ。わしらの請願書やッ」

きちんと製本された請願書は、見るからに立派で、奈良県独立の象徴に見えた。

三十冊ほどを風呂敷に包んで、すぐに内務省に持参した。しかし担当者が多忙で、二日後なら受け取ってくれるという。そこで改めて出直すことにした。

その代り、また税所の屋敷を訪ねた。税所も出かけていたので、持っていた三十部を預けて、夕方、再訪した。

すると出来栄えを褒めてくれて、直《じか》に配った方がいい役所や政府高官を教えてくれた。

そこで翌日、片端から持って行った。どこも留守だったり、約束がなければ面会できないなどと断られたが、とりあえず請願書を置いていった。

予定通り二十九日には、もういちど内務省を訪れて、担当者に三十部を手渡し、その場で内容の説明をした。

担当者は、とにかく山田顕義《やまだあきよし》という内務卿に読んでもらうから、少し待てと言った。覚悟していたよりも対応がよく、三人は夢心地で宿に戻った。もう奈良県独立は目前のような気がした。

　翌日からは請願書を配った先を再訪したが、やはり会ってはもらえなかった。勤三は少し不安になり始めたが、恒岡があえて鷹揚に言う。

「とにかく大事なんは内務省や。焦ってもしゃあない。ええ返事がくると信じて、東京見物でもしょうやないか」

　そこで銀座の煉瓦街《れんががい》に出かけていき、三人とも圧倒された。

　煉瓦造りの二階建てが並び、どこも一階が洒落た商店になっていた。思いがけないほど幅広の大通りには、両側に並木が連なり、中程には馬車鉄道が走り、大勢の買い物客が行き交う。

　すぐ近くの築地には海軍所が置かれ、外国人居留地があって、教会や宣教師の学校が集まっていた。横浜よりも落ち着いてはいるが、やはり日本にはない雰囲気だった。

　かつての江戸城の堀端には、大名屋敷が並んでいたというが、丸の内や日比谷では軒並み取り壊されて、陸軍の広大な練兵場になっていた。霞が関では大名屋敷が新政府の役所に代わり、堂々たる西洋館が並んでいた。

　その規模や活気には驚かされつつも、勤三は疑問を抱かずにはいられなかった。

　どんどん東京が新しくなっていき、働き手も東京に出ていく。優秀な若者は東京の大学に進み、政府の役所や大きな会社に勤める。それ自体は悪いことではないが、地方が置き去りにされそうな気がした。

　それに誰も彼もが新しいものや、西洋のものをありがたがるばかりで、歴史をないがしろにする。とにかく幕府の時代は古くさくて、顧みる価値もないと思い込んでいるのだ。

泉涌寺の老僧の言葉が、またよみがえる。

「東京も大阪も文明開化とかゆうて、西洋の真似ばっかりしてはる。日本中が日本の誇りを忘れかけてる。大和が堺県に呑み込まれたらあかんのと同じように、日本も西洋に呑み込まれたらあかん」

しかし目の前の勢いは、とうてい押し止められそうにない。ならば大和が率先して声を上げるべきではないかと、勤三は独立の意志を、さらに強めた。

その後も三人は、あちこちに請願書を配り続けたが、内務省からは何も言ってこない。月が変わって師走を迎えてしまった。

そのため十二月四日には、もういちど出向いて、いつ返事をもらえるかという書面を置いていった。すると、さすがに反応があり、七日に役所に来いと宿に郵便が届いた。

当日は朝から三人で出かけたところ、役人から返書を手渡された。

「願いの趣旨は追って詮議《せんぎ》のうえ、大阪府庁を経て下付すべき間、ひとまず帰国し待命すべし」

勤三はとてつもない憤りを覚えた。

とっくに請願書を提出したというのに「追って詮議」ということは、まだ手をつけていないに違いなかった。まして「大阪府庁を経て下付」とは、自分たちの頭の上で、やり取りするという意味だった。

今にも怒鳴り出しそうになるのを、恒岡が押し留めて、役人に頭を下げた。

「どうか、内務卿さまにお取次ぎください。直に大和の事情をお話しすれば、きっと理解して頂けますし」

するとなる逆に役人が怒鳴り出した。

「何を考えておるかッ。百姓の分際で、内務卿にお目にかかりたいとはッ。身分をわきまえろッ、身分をッ」

勤三が言い返そうとするのを、また恒岡が押し留めた。

「お言葉を返すようですけど、私らは百姓と申しましても、国元の百姓たちの代表でおます。内務卿さまにお目通り頂けるのであれば、謹んで日を改めて出直しますし」

「くどいッ、今すぐ帰れッ、田舎に帰るのだッ。ここは、おまえたちの来るところではないッ」

すると勤三の背後にいた蓊が、突然、大声を放った。

「なんやてえッ」

蓊は太い腕を伸ばし、役人の襟元をつかんで、力ずくで引き寄せた。

「黙って聞いとったら、小役人が好き放題を言いおってッ。わしらが、おめおめと帰ると思うたら、大間違いやでッ」

役人は顔色が変っていた。だが口元を震わせて言い返す。

「そ、そんな態度を取って、ただで済むと思うなよ」

次の瞬間、勤三も恒岡も息を呑んだ。役人の手に拳銃が握られて、銃口が蓊の脇腹に当てられていたのだ。背広のポケットから取り出したらしい。

蓊自身も異様な感触に気づいたらしく、脇腹に目をやって、そのまま凍りついた。

以前、堺県庁に乗り込んだ時に、抜刀して脅かされたことがあった。だが新政府の役人が、拳銃を忍ばせていようとは思いもよらなかった。

恒岡が、かたわらから必死に声をかけた。

「蓊、手え放せッ」

だが蓊は顔面蒼白で、手まで凍りついたのか、まったく動かない。

恒岡は役人に懇願した。

「どうか、どうか、ピストルを、お収めください。なにとぞ、お願い致します」

ふたりとも顔つきが変わっており、なおも微動だにしない。

勤三は、ゆっくりと蓊に近づき、その手をつかんで、指を一本ずつ伸ばさせた。五本とも伸ばし切ると、蓊は一歩、二歩と後ずさった。

離れたとたん、役人の拳銃が震え出した。様子が尋常ではないだけに、なおも発砲の緊張が解けない。

勤三は相手を刺激しないように、ゆっくりと蓊の前に立ちふさがり、恒岡も恐る恐るながらも、その場に座り込んで土下座した。

「どうか、どうか、お許しくださいッ」

役人は、なおも拳銃をかまえたままで、妙に甲高い声で叫んだ。

「出て行けッ。今すぐ、ここから出て行けッ」

恒岡は立ち上がって、部屋のドアに駆け寄り、真鍮製の丸取手をつかんで勢いよく開けた。そのまま必死に手招きする。

勤三は後ろ手で、翁の大きな体を抱きかかえるようにして移動した。そして翁の腹の辺りを押して、ドアから飛び出した。

後ろから役人の大声が聞こえる。

「二度と来るなッ。次こそ、このピストルが火を噴くぞッ」

恒岡が音を立ててドアを閉じた。

そして三人で額の汗を隠しつつ、早足で玄関に向かった。

玄関から出た途端に、翁が一目散に走り出す。勤三は恒岡と一緒に後を追った。

「首根っこつかまれただけで、ピストルを出すとは、どういう了見の役人や」

「まったく東京は物騒やで」

「ほんまや」

話しているうちに、翁の意外な逃げ足の速さがおかしくなり、走りながら恒岡と笑い出した。

先を走っていた翁が気づいて立ち止まり、大声で怒鳴った。

「おまえら、何、笑うてるんやッ」

勤三は、なおも笑いながら、走り着いて言った。

「そやかて、これは笑いでもせんと、もう、どうにもならんで」

蓊は丸顔をいよいよ膨らませた。

「おまえらはピストル突きつけられへんかったさかいに、気楽なこと言うけどな」

恒岡も走り着いて、肩で息をついて言う。

「いやいや、さっきは怖かったで。あの役人、いつ引き金、引くかと思うて」

勤三も肩を上下させながら言った。

「ほんまに怖かったな。前に堺の県庁で、刀を抜かれた時よりも、ずっと怖かったわ」

自分のことなら腹をくくるだけだが、仲間の危機は、まさに恐怖だった。

それから三人で神田今川小路の宿に向かったが、恒岡が肩を落としてつぶやいた。

「それにしても、これから、どうする？　このまま帰れて言われてもな」

勤三は言葉に力を込めた。

「わしは帰らんぞ。大阪府庁に返事するて、そんなん、あかんゆう話に決まっとる。国元の皆に顔向けがでけへん」

この上京のために、大勢が金を出してくれている。なんの成果もなく、おめおめと帰れる立場ではなかった。

「けど内務省には、もう行かれへんで」

「いや、わしは行く。ひとりで行ってくる」

「あかん。今度は堺の県庁に行った時とはちゃうぞ。あの時は最初、大勢やったからこそ、おまえがひとりで行って、うまくいったけどな」

さすがに勘三が黙ると、蓊が弱々しく言った。

「そしたら、もういっぺん税所さんに相談してみよか」

恒岡が前を向いたままで答えた。

「わしも、それしかないて考えとった」


夕方、帰宅時間を見計らって屋敷を訪ねた。事情を打ち明けると、税所は濃い眉をひそめた。

「それは災難じゃったな」

そして両手で自分の膝を打った。

「ならば気分直しに、ひとつ精養軒《せいようけん》に洋食でも食べに行くか」

思いもかけない誘いに、三人は少し元気を取り戻した。

精養軒は明治六年に日本で最初に開業したレストランだ。今は銀座から築地に向かう途中で、西洋式のホテルを開業している。主食堂の食卓には純白の布がかかり、銀の食器が美しく並べられていた。

税所は慣れた様子で教えてくれた。

「この四叉《よつまた》のフォークで肉を抑えて、小刀のナイフで切り取って食べればよかど」

恒岡が遠慮がちに聞いた。

「肉というと、獣《けもの》の肉でございますか」

「ここの名物は豚のカツレツじゃっど」

勤三も獣肉は初めてで、さすがに気味悪かったが、税所は平然と言う。

「薩摩では御一新前から、豚を食べちょった。なかなか美味《うま》かもんじゃっど」

間もなく各人の前に届いた皿には、金色の衣をまとったものが載っていた。見たところ、血の滴る獣肉といった雰囲気ではないので、だいぶ抵抗は薄れた。

税所の真似をして、勤三はナイフで切り分けて口に運んでみた。最初に、さくっとした衣の口当たりがよく、嚙みしめると中の肉の旨味が滲み出す。

「これは美味いで」

恒岡も蓊も、まだ手をつけておらず、勤三の手元を凝視していたが、ようやく恐る恐る口に運び、すぐに美味に気づいた。それからは、もりもりと食べ始めた。

赤葡萄酒は血だという噂もあって、やはり気味悪かったが、飲んでみれば、そう悪いものではなかった。

税所はカツレツと赤葡萄酒を交互に口に運びながら、勤三に聞いた。

「たしか、おはんは天誅組に関わりがあったと申していたな」

「その通りです」

「あれから気になって、天誅組のことを少し聞き合わせたんじゃが」

新政府の役人には、かつて官軍を組織した薩長土肥の出身者が多いが、藩によって天誅組に対する評価が大きく異なるという。

「どうやら長州者は、天誅組を苦々《にがにが》しく思ちょるこっじゃ。ふた言めには先走った集団と言うちょっど」

聞き捨てならない話だった。

「なんででっしゃろ」

「御一新を長州だけの手柄と思い込んで、その前に功労者がいたちゅうこつは認めたがらんのじゃろう。その代り、土佐出身者には天誅組に肩入れする者が多か。幕末に土佐勤王党《とさきんのうとう》という集団があって、そこから天誅組が何人も出たちゅうこっじゃ」

税所は、ふいにナイフを止めた。

「おはんどんが会おうとしちょる内務卿の山田顕義どんな、あん人は長州の出じゃ。そん代り、内務大輔《たいふ》の土方久元《ひじかたひさもと》どんが土佐じゃ。土佐勤王党にも入ってたちゅうこっじゃし、会って頼むなら、土方どんの方がよか」

内務省の頂点に立つのが内務卿だが、そのすぐ下の地位が内務大輔だという。

勤三は思わず身を乗り出した。

「税所さまは、その土方さまと、お知り合いですか」

「残念じゃっどん、引き合わせてやれるほどの縁はなかど。なんとか伝手《つて》がなかか探したんじゃが、どうも分県についちゃ、腰が引けてる者ばかりじゃ」

大和や四国以外にも分県を望む声は、あちこちから上がっており、新政府内では持て余し気味なのだという。

「引き続き伝手を探しちゃみるが、おはんらも、もういちど内務省に出向いて、土方どんとの面会を頼んでみれ。天誅組のこつを話せば、会ってもらえるかもしれん」

勤三は深くうなずいた。

三人の前に置かれていたカツレツの皿は、いつのまにか、すっかり空になっていた。

翌八日、もういちど内務省に出向いて、内務大輔の土方久元に会いたいと願い出た。取次に出てきたのが、幸運にも昨日とは別の役人だった。それでも土方は予定が詰まってい て、面会は無理だという。

短時間でもと夕方の退庁時刻までねばったが、結局、時間は空かず、請願書を一部だけ預けて引き上げた。

翌九日も出向いたが、その日は土曜日で、役所の業務は昼までで終わる。日曜日は休業だし、月曜日は土方が出張で登庁しないという。さらに、その週も予定がいっぱいだと断られてしまった。

それでも勤三は諦められなかった。一戸長としてだけ生きていたら、とうてい会うことのなかった大物たちと、今までに何度も面談を重ねてきた。

経験を積んだせいか、この人物と会えば道が開けそうだという勘が、しだいに働くようになった。今度の土方久元も、どうしても会うべき人物に思えた。

そこで内務省の役人に、ていねいに訴えた。

「私は天誅組に関わりがおます。土方さまは土佐勤王党の頃に、天誅組に加わった仲間がおいでやったと伺ってます。はばかりながら、それをご縁と思うて、お時間を頂けんでしょうか」

すると一転、月曜の早朝に自邸でならと、約束を取りつけることができた。場所は駿河台だと教えてもらえた。

三人は期待を抱いて、約束通り朝七時に、住所を頼りに屋敷を訪ねた。

座敷に通されて待つと、素朴な容貌の人物が現れ、それが土方久元だった。勤三よりも、ひと世代ほどは年上のようで、手には例の請願書を持っていた。

そして上座に座るなり、やや硬い表情で言った。

「私は、この件には関わってはおらぬので、省内で聞き合わせてみたのだが、すでに可否は決定しており、今日にでも大阪府宛に回答書を郵送するそうだ。内容は明かしてもらえなかったが、もし却下だとしたら、今からひっくり返すのは、私の立場では難しい」

いったん期待しただけに落胆は大きかった。

土方は請願書を開いた。

「この先も請願を続けるつもりなら、二、三の助言はしよう」

恒岡がすがるように反応した。

「ぜひとも、お願い致します」

「この請願書は、よくまとめてはあるが、分県が大和の者たちの総意なのかどうかが、今ひとつ伝わってこない」

「総意に間違いございません」

「しかし、どこに県庁を置くかさえ書かれておらん。最初に奈良県があった時と同じく、奈良の町でよいのか、それとも別の場所を考えているのか」

勘三は痛いところを突かれたと感じた。そこが意見のまとまらない点だったのだ。

「実際は、どうなのだ？」

土方に聞かれて、恒岡が戸惑い気味の視線を、勘三に向けた。正直に答えていいものか迷っているのだ。

勘三は、ここは腹を割って話すべきだと判断して口を開いた。

「この場だけの話にして頂きたいのですが」

「もちろん、ほかには漏らさん」

「お察しの通り、意見は南北で二分しています」

奈良盆地の北半分の人々は、当然、県庁は奈良にと譲らない。日本の古都という歴史を顧みれば妥当ではある。

一方、南部では、天皇の行幸も仰いだことであるし、神武天皇陵近辺を押す。県独立のための有志の話し合いも、すでに三度、奈良よりも南で開いており、その実績も主張する。

勘三自身は、とにかく独立を優先して、県庁の場所は先送りにしようと考えていた。

土方は請願書に目を落として言う。

「そうなると、たとえ今、独立しても、また南北で分県という話になりかねん。そこが内務省としては懸念するところだ」

「いいえ、大和は昔からひとつの国ですし、南北で分県ということはありえません」

「ならば大和の総意とわかるようにせねばならん。全域から署名を集めるのも手だ」

今まで考えていなかった手段だった。

「署名を集めれば、検討し直して頂けるでしょうか」

「署名を出すつもりなら、今度は内務省ではなく太政官《だじょうかん》にしてみよ。太政大臣は三条実美さまだ。わしから内々に話を通しておく」

勤三は思わず声を上ずらせた。

「ほんまですかッ」

「ただし三条さまでも、そう簡単にはいかぬかもしれん。いったん内務省で完全に却下されていたら、役所間の調整にも時間はかかるし、その辺りは覚悟せよ」

明治維新以降、勤三たちが戸長として受け取った新政府の布告は、太政大臣である三条実美の名前で発せられており、どれほど大物なのかは承知している。たとえ時間がかかっても、そこに期待をかけたかった。

土方は請願書を閉じた。

「今村勤三とやら、そなたは天誅組にゆかりの者らしいな」

勤三は伴林光平と伯父のことや、自分も旗揚げの場にいたことを、ありのままに打ち明けた。

すると土方は眉を上げた。

「そうであったか。あの頃、私は三条実美さまにお仕えしていたので、天誅組には加わらなかったが、八月十八日の政変のせいで、立場が一転したのは同じだ」

八月十八日の政変とは、五条代官所への討ち入り翌日に起きた、幕府側の巻き返しのことだ。その結果、天誅組が追討されただけでなく、尊攘派の公家七人が都から追われて、九州の太宰府まで落ち延びた。その中でも三条実美は、天誅組がもっとも頼りにしていた公家だった。

土方は感慨深そうに言った。

「その時の都落ちに、わしは三条さまをお守りして、太宰府までご一緒したのだ」

天誅組のことは気の毒に思いつつも、どうすることもできなかったという。

「それで、そなたが天誅組のゆかりの者と聞いて、何か手助けでもできないかと思ったのだが、そう易々とはゆかぬようだ」

それでも勤三は、三条実美に縁がつながったことが感慨深かった。まして天誅組の縁で、わずかな道が残されたのだ。

恒岡がかしこまって言った。

「とにかく大阪府の方からの回答を伺って、それがあかんかった時には、署名を集めてきますんで、その折には、ぜひともよろしくお願いいたします」

それから三人で相談した結果、恒岡が帰国することにした。こちらでの経緯を、仲間たちに説明する必要があった。

勤三と蓊は新橋ステーションまで見送り、内務省が大阪府に送ったという回答に、とりあえず期待をかけた。

「十一日に投函されて、東京から大阪まで三日かかったとして、十四日には府庁に届くやろ。十五日に大和に呼び出しがかかって、誰かが十六日に参上する。その場で返答を聞いて、すぐに電報を打ってくれたら、十六日中には、わしらにも結果がわかるな」

勤三は指を折って数えたが、蓊が呆れ顔で言う。

「電報みたいに金のかかることとするかいな。きっと郵便やで。こっちに知らせが来るのは、まあ早うて二十日やな」

案の定、なかなか連絡は来なかった。ようやく恒岡から葉書が届き、大喜びで裏返してみると、無事に大和に帰ったという報告だった。大阪府庁に出向いても、何も回答がないという。

二十日を過ぎても音沙汰がなく、もういちど内務省に行ってみたが、間違いなく十一日に郵送したと、けんもほろろだった。

「どういうこっちゃ。なんで大阪府は、さっさと返事をせんのや」

勤三も蓊も苛立ちを募らせた。

しだいに年も押し詰まっていく中、二十五日に、今度は蓊宛の葉書が届いた。差出人は同じ村に住む親戚で、蓊の母親が倒れたという。

勤三はすぐさま帰国を勧めたが、蓊は首を横に振った。

「東京に出る時に、何かあったら親の死に目には会えんかもしれんて、覚悟はしてきた。せやから気にせんでくれ。それに年内には、きっと返事が来る。あと一日か二日の辛抱や。とにかくそれを待と」

その予想通り、翌々日には恒岡から電報が届いた。明日は役所の仕事納めという十二月二十七日だった。

勤三は蓊と奪い合うようにして開いてみた。

「ナイムケフヨリキヤツカ　オオサカフヨリケフシラセアリ　ハヨキコクセヨ　ツネオカ」

蓊が声に出して読んだ。

「内務卿より却下。大阪府より今日、知らせあり。早《はよ》う帰国せよ、恒岡」

勤三は猛烈に腹が立ってきた。

「内務省は十一日に発送したて言うてるんやで。そしたら遅くとも十五日には着いてるやないか。なんで、そこから十日以上もかかるんやッ。それも明日が仕事納めゆう、ぎりぎりまで知らせんのやッ」

蓊も顔を真っ赤にして怒る。

「これは嫌がらせや。わざと知らせんかったんや。大阪のやつら、仕事納めがなかったら、もっと先延ばししたでッ」

だが、どれほど怒鳴り散らしても、大阪まで声が届くわけがない。ふたりで座り込み、畳に電報を置いて見つめた。

宿の障子が北風にあおられて、ガタガタと音を立てる。隙間風が部屋を通り過ぎて、手あぶりの炭火の炎が揺れた。

勤三は力なくつぶやいた。

「蓊、今から家に帰れ」

蓊は意外そうな顔をした。

「勤三は？」

「わしは連絡役として、ここに留まる」

駄目だったからと、おめおめと帰国する気にはなれなかった。

「それやったら、わしも帰らん」

「恒岡さんも帰れと言うてるし、おまえは、おふくろさんのこともあるさかいに」

「いや、おまえが残るなら、わしも」

「あかん、ふたりおったら、金が倍かかる」

蓊は黙り込んだ。

「とにかく蓊は大和に帰って、また有志に集合かけて、請願を続けるかどうか話し合うてくれ。もし続けるなら署名を集めてくれ」

「県庁の場所は、どないする？」

「もし話し合いで決まるんやったら、それに越したことはないけど、とにかく署名で、大和一国の総意を示すのが先や」

すぐに蓊の荷物を柳行李に詰め、勤三は新橋ステーションまで送っていった。

年末の帰省客で、いつにも増して混雑した駅舎で、蓊は横浜までの切符を買い、チッキで荷物を預けてから、改札を通った。

勤三は柵際に立って、友の背中に声をかけた。

「金は送らんでええからな」

蓊は意外そうな顔で振り向いた。

「宿代、どうするねん」

「家から送らせる」

これ以上、仲間たちに負担をかけるわけにはいかなかった。

「それはあかんて」

「ええんや。帰ってこいゆう恒岡さんの電報を無視するんやから、自費で残る。そうせんと、みんなも納得せえへんやろ」

「おまえ、ほんまに、それでええんか。仲間は納得するかもしれんけど、家の者が納得でけへんぞ。おまえが帰ってけえへんのやから、女房子供は正月も祝われへんし。そのうえ金まで送らすんか」

そう言われると心が痛む。勤三がひとりで東京に残ったと聞いたら、妻も母も、どれほど驚くだろうか。父親のいない正月を、子供たちは、どんな思いで迎えるのか。

そのうえ金まで送らせるとは、ひどい夫がいたものだと、自分でも呆れる。だが、このまま負け犬の顔を、女房子供に見せるのも嫌だった。

でも笹野なら、いっときは悲しい顔をするかもしれないが、きっとこらえてくれる。智加も、かならず励ましてくれる。そう信じたい。

富本家のノトが縁側に腰掛けて、また勤三をくさすに違いない。

「なんやてえ？　お正月も帰ってけえへんのかいな。なんちゅう亭主や」

それでも結局は許してくれる。そんな場面を思うと、勤三は泣きそうになる。

その時、発車のベルが鳴り響いた。だが蓊は戸惑い顔で、なおも立ち去ろうとしない。勤三は友に向かって声を張り上げた。

「蓊、何しとる？　早う乗れ。乗り遅れるぞッ」

一瞬、蓊の口元が大きくゆがんだ。そして顔を隠すように、くるりと後ろを向き、そのまま列車に向かって駆け出した。大きな後ろ姿が遠のいていく。

勤三は友の心の内を思った。蓊はわかってくれている。ひとり残るつらさを。まして蓊自身もつらいのだ。友を置き去りにすることが。

発車のベルが鳴り続ける中、蓊は最後尾の客車に走り着いた。ステップに足をかける直前に、もういちどこちらを向いて、おずおずと片手を上げた。

勤三は両腕を頭上高く上げて、力いっぱい振り返した。

ベルが鳴り終えた瞬間、友の姿は列車の中へと吸い込まれるようにして消えた。

シュッシュッと蒸気機関の音が聞こえ始め、年末の寒気の中に白い蒸気が流れ来る。ガシャン、ガシャンと車体同士がぶつかる音がして、ゆっくりと前進し始めた。石炭の燃える匂いが届くのと入れ替わりに、列車がプラットホームから離れていく。

東京という馴染みのない町に、たったひとりで置いていかれる寂しさと心細さ、家族に対する申し訳なさなど、負の感情が押し寄せる。

周囲にたたずむ見送りの耳目もかまわず、勤三は涙声でつぶやいた。

「笹野、すまん。堪忍してくれ。今は帰れんのや」

6　海を渡る

大阪港の天保山沖は、海面から上空まで春霞で覆われていた。勤三は艀船にかけられた梯子段を、勢いよく駆け上がり、蒸気船の甲板に出た。

そこには大阪で下船する客たちが、列をなして艀船の順番を待っていた。勤三は人混みをすり抜け、甲板に残っている乗客に向かって声を張り上げた。

「石田英吉さまは、いてはりませんか。横浜から長崎までお出かけの石田英吉さま、おいでやないですか」

大阪で下船する客と、新たな乗船客が入れ替わり次第、蒸気船は錨を抜いて、瀬戸内海を西に向かう。

出航までのわずかな時間に、勤三は目当ての人物と、どうしても会ってみたかった。

「石田さま、長崎に赴任される石田英吉さま、いてはりませんか」

この先も乗船を続ける客たちが甲板にたたずんでいるが、誰も反応しない。船員に聞いて、船内の客室を訪ねるのも不可能ではないが、時間がかかりそうだった。

あれから勤三は明治十六年の正月を、ひとりきりで東京で迎えた。そして年始まわりを口実に、役人たちの屋敷を訪ねては、分県について頼んで歩いた。だが進展がないまま日は過ぎていき、焦りばかりが募った。

一方、恒岡からは手紙で、国元の様子が知らされた。署名は集めることにしたものの、やはり県庁をどこに置くかで、もめているという。とにかく勤三も帰ってきて、説得してくれと書かれていた。

仕方なく一月いっぱいで帰国したが、県庁の場所決めは、予想以上に紛糾していた。北の住民は古都の歴史を言い立て、南では集まりやすさを主張する。

会合を持つと、怒号が飛び交った。

「今村勤三、おまえは、どっちがええんやッ、はっきりせえ、はっきりッ」

勤三は胸を張って言い返した。

「わしは、どっちでもええ。とにかく今は、大阪からの独立を勝ち取るのが先や」

「そんなこと言うて、いつかは決めることや。独立が認められた途端に、奈良に持ってかれたら、たまらんでッ」

堺県に吸収される前の県庁は、奈良の町に置かれた。南の住民たちには、それが気がかりでならないのだ。

なんとか署名は始まったものの、県庁についてはは対立したままだった。

そうしているうちに内務大輔の土方久元から手紙が届いた。土方と同じ元土佐藩士に、石田英吉という天誅組の生き残りがいるという。明治維新以降は秋田県令をしていたが、この春で長崎県令に転勤になると知らせてきた。

分県には関わりはないが、もし興味があるなら、転勤の時期を知らせてくれるという。蒸気船で横浜から大阪を経て長崎に向かうのであれば、大阪で会えるはずだった。

勤三は、すぐさま土方に返事を書き送り、かならず教えて欲しいと伝えた。すると三月末になって、石田が横浜を出航したという電報が届いた。そのために急いで大阪港まで足を運んできたのだった。

「石田さま、石田英吉さまは、いてはりませんか」

舳先近くで声を張り上げた時、陸を眺めていた夫婦連れが振り返り、夫の方が片手を上げた。

勤三は急いで駆け寄った。

「石田英吉さまですかッ」

男は怪訝そうに答える。

「そうですが」

天誅組の生き残りと聞いて、強面《こわもて》を想像していたが、意外にも目元の涼しげな顔立ちだった。声も落ち着いている。

勤三はかしこまって名乗った。

「東京の土方久元さまから、ご紹介頂きました。私は天誅組隊士だった伴林光平の弟子で、今村勤三と申します」

石田の表情が和らいだ。

「ああ、あの伴林さんの」

「そうです。河内長野の観心寺さんまで、天誅組の旗揚げを見に行きました。伯父が中山忠光公に献金させて頂いたんで」

「そうでしたか。私も観心寺の旗揚げには加わりましたよ」

石田の目元が、いよいよ穏やかに和む。言葉づかいも愛媛県令の関新平と同じようにていねいだ。

その様子に、ふと勤三の遠い記憶がよみがえった。

「もしかして、石田さまは」

ためらいがちに聞いた。

「もとは、お医者さまと違いますか」

「医者にはならなかったのですが、もともと土佐の家が医家だったので、若い頃は医術の修業をしました」

「それでしたら、もしや観心寺で薬を受け取らはりませんでしたか。子供が背負ってきた薬箱の中から、傷薬や化膿止めを選んで、お持ちになりませんでしたか」

勤三は間違いないと確信した。あの時の医者だ。

石田は少し首を傾げ、勤三の顔を、まじまじと見つめて聞いた。

「もしかして、あの時の少年ですか」

「そうです。あの時、十三歳でおました」

たがいに奇遇に驚いた。

「そうでしたか。それは、よく訪ねて来てくれました。よかったら船室で話でも」

「いえ、出航までの時間が短いので」

すると石田は妻に船室に戻るように促した。和服姿の上品な女性で、ていねいに勤三に頭を下げると、その場から離れていった。

「ご夫妻で長崎に赴任しはるんですか」

「そうです」

「けど、まるで知らん土地で？」

「もともと妻は長崎の出ですが、秋田も知らない土地だったし、日本中どこも同じですよ」

勤三にしてみれば、自分の家族は安堵村から離れたことはなく、遠くに移り住むなど考えられないことだった。

ともあれ自分たちが分県に向けて活動していることを打ち明けて、ずっと抱いていた疑問をぶつけてみた。

「ひとつ、気になっていることがありまして」

「なんでしょう」

「長州出身の方たちは、天誅組のことを、ええように言わんと聞いたことがあるんです。ご存知ですか」

「ええ、それは本当ですよ」

「維新の手柄を、自分たちだけのものにしたいからですか」

「それもありますが、実は、もうひとつ理由があるのです」

石田は天誅組の顚末を語り始めた。

あの時、天誅組は、ひと月あまりも大和の山中を逃走し、一時は十津川郷に迎えられたが、そこでもかくまいきれなくなって、なおも山中をさまよった。最後は集団では逃げ切れないと判断し、大将の中山忠光が解散を宣言した。

「大和や河内に家のある者は、家族や知り合いにかくまってもらったり、遠くへ逃げたりせえ」

それが難しいのはわかっていたが、もはや、そうするしかないほど追い詰められていた。地元の者なら、話し言葉で怪しまれることがない。

勤三は、ようやく合点できた。

「それで伴林先生は、ひとりで安堵村に帰って来はったんですね」

石田は深くうなずいた。

「そうです。伴林さんも本隊から外れて、単独行動を取りました」

そうして地元出身者は散り散りになったが、石田は医術の心得があったために、最後まで中山忠光の側近を務めたという。

最終決戦は東吉野の鷲家口で激しい銃撃が交され、大勢が命を落とした。しかし石田たちは中山を守って囲みを突破したという。

勤三は意外に思った。

「鷲家口で全滅したと聞いていましたが、そうではなかったのですか」

「中山さまを含めて十数人は逃げ切りました。そこでまた数人ずつに別れて、私たちは無事に大阪の長州藩邸に逃げ込んだのです」

尊皇攘夷派の拠点である長州藩に保護されて、長州の国元に送られた。その後、隊士たちは各地に散ったり、ふたたび京都での勤皇活動に戻ったりと、それぞれの道を進んだ。

石田自身は同郷の縁で、坂本龍馬の海援隊に加わったという。

ただし中山だけは身分が身分だけに、勤皇方が巻き返すまで、長州の人里離れた場所に潜伏することになった。

「でも驚いたことに、私が次に中山さまの隠れ家を訪ねた時には、ひそかに殺されていたのです」

勤三は耳を疑った。

「殺されて？　今の帝の叔父上さまが？」

「長州藩の藩命で、手を下したのは長州藩士です」

「まさか」

「これは私自身が長州で調べたことで、間違いありません。当時の長州藩は幕府にすり寄るばかりで、中山さまが邪魔になったのです」

聞けば聞くほど信じがたい話だった。

その後、勤皇方が巻き返して、明治維新を迎えたが、そうなって初めて長州藩は、取り返しのつかないことをしでかしたことに、恐れおののいた。結局、表向きは病死にしたが、殺された場所に、長州藩がたたりを恐れて神社を建立したという。

「でも長州藩は、中山さまがわがままで、大将の器ではなかったとか、そもそも天誅組は先走ったとか、いわれのない噂を立てて、自分たちを正当化したのです。長州系の政府高官や役人たちが、大和のことをないがしろにするのも、その影響があるのかもしれません」

勤三は絶句した。

あまりに驚くべきことが多すぎて混乱しているうちに、船の銅鑼《どら》が鳴り始めた。船員が大声で告げて歩く。

「出航します。見送りの方は下船してください」

すると石田は勤三の背中に手をかけて、一緒に梯子段の方に歩き出した。

「もしも伴林さんが、生きて新しい時代を迎えたら、新政府の高官として活躍されたでしょう。そうすれば分県など難なく通っていたし、そもそも大和が大阪府に吸収されることなど、なかったと思います。ほかにも大和から天誅組に加わった方たちが生きていれば、薩摩や長州の派閥と同じように、新政府内に大和閥ができていたでしょう」

船員が梯子段の前で、残っていた見送り客を手招きする。

「波止場まで艀船が出ますから、急いでください」

それを尻目に、石田が言葉に力を込めた。

「でも分県のことは、頑張れば不可能ではないと思います。私は長崎にいて、お役に立てそうにありませんが、今村さんとは何か縁を感じますし、いつか何かはと思います」

もっと話をしたかったが、勤三は梯子段の手すりをつかんで頭を下げた。

「急にお邪魔したのに、お話させて頂けて、ありがとうございました」

人混みの後ろから、石田が笑顔を見せる。

「分県、頑張ってください」

勤三は梯子段を降り切って、艀船に乗り移った。

石田が甲板の手すりから身を乗り出し、両手を口元に当てて大声で聞いた。

「今村さんは、お子さんはいますか」

勤三も声を張って答えた。

「息子が三人と、娘が三人います」

「いくつですか」

「長女が十三で、長男は十歳。末子は、まだ赤ん坊です」

「それなら、うちに孫ができたら、いつか嫁のやり取りをしましょう。わが家と縁続きになってください」

「えッ、そんな」

県令とでは身分が違いすぎて、親戚になどなれない。だいいち、なぜ石田がそんなことを言い出すのか見当もつかず、冗談としか思えない。

見送り客が全員、乗り込むのを待って、手漕ぎの艀船が蒸気船から離れた。石田の姿も遠のいていく。勤三は信じがたい話ばかりで、なおも頭の中の整理がつかず、ただ呆然と船に揺られていた。

大和全域から署名が集まり、ふたたび請願の代表者が東京に向かうことになった。

ただし顔ぶれは変った。蓊は母親の病気もあって代表を辞退したし、恒岡は国元でのまとめ役に徹することになった。

というのも前回の上京で、すぐに結果が出せなかったことを、代表者のせいにする向きがあったのだ。

「三人も雁首《がんくび》揃えて行って、東京見物してきただけかいな」

勤三は唇をかんだ。ならば新しい代表者を東京に送り、実態を理解してもらいたかった。

とはいえ新しい者だけで上京しても、また一から始めることになる。やはり慣れた者が必要であり、勤三は自費で上京することにした。

田植えから稲刈りまでのすべての農作業の手順を、奉公人や小作人に詳しく伝え、勤三は新しい代表者より先に東京に向かった。

またもや笹野は何も言わずに送り出してくれた。子供たちも玄関に並んで見送った。

今回の上京で、切り崩すべき壁は長州系の政府高官だった。特に内務卿の山田顕義には、なんとしても面会したかった。そのために六回も屋敷を訪ねたが、どうしても会ってはもらえなかった。

そうしているうちに、内務卿が山県有朋《やまがたありとも》に替わるという噂を聞いた。住まいは千鳥ヶ淵だとわかった。江戸城の西の堀端だ。

さらに山県の来歴も耳にした。長州出身だが、藩士として生まれ育ったのではなく、武家の下働きから身を起こしたという。明治維新以降は日本陸軍創設に尽力し、「陸軍の父」と呼ばれるまでになって、驚異的な出世を遂げていた。

下から這い上がってきただけに、目下の者の面倒見がよく、軍人のみならず政財界にも広い人脈を持つという。

また勘三の勘が、この人物に会うべきだとささやいた。千鳥ヶ淵に日参し、こちらは七度目に会ってもらえた。

「陸軍の父」と聞いて、石田に会った時と同じく、よほどの強面かと予想していたが、下がり眉が特徴的で、これまた拍子抜けするほどの穏やかさだった。

山県は話を聞いて理解は示してくれたが、やはり色よい回答は得られなかった。

勘三は石田英吉の言葉をかみしめた。

「大和から天誅組に加わった方たちが生きていれば、薩摩藩閥や長州藩閥と同じように、新政府内に大和派閥ができていたでしょう」

大和出身者は政府高官はもとより、中央省庁の役人さえもいない。それほど教育程度の低かった地域ではないのに、天誅組で優れた人物が失われてしまったのだ。それによって明治維新を先導できなくなったことが、改めて悔しかった。

八月半ばになると、大和から新しい請願書と二万千七百十八名もの大量の署名が届き、三人の代表者も上京してきた。そして予定通り太政官に提出した。

だが反応は薄く、十月十日には却下が知らされた。代表者の中には、腹立ちを勤三にぶつける者もいた。

「なんや、署名集めたらええゆうさかいに、皆で頑張ったのに、なんにもならへんかったやないか。わしらの頑張り、なんやったんや。あほらし」

勤三は首を横に振った。

「いいや、無駄にはならへん。こうゆうことの積み重ねが大事やねん」

だが三人は宿代がもったいないと言って、腹を立てたまま帰国していった。

勤三は諦めず、帰国もしなかった。同じような請願を出していた徳島県や鳥取県の分県が認められていたのだ。

次なる手段は税所篤のいる元老院だった。建白書として宛名を変えて、十月半ばに元老院に提出した。三度目の請願だった。

この回答は時間がかかると言われ、勤三も十月末には大和に帰った。すでに上京のための費用を大阪の銀行から借りており、秋の収穫で返済する必要があったのだ。

だが元老院からの返答は、年が改まって明治十七年になっても届かなかった。すでに富山県や宮崎県も独立が認められたのに、大和だけが取り残されていた。

もはや奈良県が独立を勝ち取ることが、勤三にとっては天誅組の汚名返上に思えた。おのずから大和の再評価にもつながる。

そう信じて諦めなかった。建白書をあちこち訂正して何十部も書き写し、またもや上京して、五月十三日に元老院議長に再提出した。これが四度目の請願だった。

だが活動が長引くにつれ、国元では絶望感が広がり、離れていく仲間が増えていった。勤三への批判も高まる。

「そないに何遍も東京に行って、何ひとつ進まんやないか。署名もあかんかったし。端っから無理やったんやないか」

こんな狂歌も耳にした。

「奈良県は若木の柿にさも似たり　なるなる言うて　いつかなるやら」

大和の特産である柿にたとえて揶揄《やゆ》されたのだ。

仲間たちの熱意は冷えていき、勤三の頑張りは空まわりした。

激しい風とともに大粒の雨が、勤三の笠に音を立てて打ちつける。下から煽られる風雨で、目を開けているのがつらいほど顔が濡れ、顎先からぼたぼたと水が滴る。雨粒は厚い蓑をも貫いて、単衣の小袖をじっとりと濡らす。

眼の前の大和川は濁流となって、水面は堤防に立つ勘三の足元まで迫り、その水圧で堤防全体が地震のように揺れる。

対岸を見れば、やはり堤防の縁まで水位が迫り、茶色に濁った水流が、轟音を立てながら下流へ下流へと、とめどなく流れゆく。

雨水が目に入るのもかまわずに、空を見上げると、濃い灰色の雨雲が、すさまじい勢いでうねり続けていた。

明治十八年七月一日、勘三は声に出して祈った。

「風よ、どうか雨雲を追い立てて、青空を連れてきてくれッ」

明治元年に大水が出て以来の大嵐だった。今すぐにでも雨が止まなければ、あの時と同じように、どこかの堤防が決壊する。そうなったら、ひと月前に田植えを終えたばかりの青田が、泥水に呑み込まれる。

もしかしたら今すぐ勘三の足元が、決壊するかもしれない。鼠穴《ねずみあな》ひとつから水が噴き出し、それが引き金になって、堤防が大規模に崩れることもあるのだ。

本来なら、こんな時のための見張り番は決めてあるし、勘三が出てくる必要はない。だが家でじっとしていられず、危険を承知で堤防まで来てしまっていた。

そもそも大和川の源流は、奈良盆地の東の山中から湧き出る。そこから西方向に盆地を横断する。そのほかの川は、ほとんどが南から北へと縦断し、安堵町のすぐ南で、次々と大和川に合流する。

そうして大河となった大和川は、盆地西側の山並みの隙間を選んで、狭い谷をすり抜けつつ河内へと流れ出る。

はるか昔、そこから大和川は、また幾筋にも分かれていた。それぞれの川が大雨のたびに氾濫して、そのつど川筋を変えながら、大阪湾へと注いでいた。

しかし河内や和泉で水田化が進むにつれ、堤防が築かれて、どこも川筋が固定されていった。かつては山から運ばれる土砂は、氾濫のたびに平地に広がり出ていたが、これが川底に溜まり始めた。

しだいに川底が高くなり、人々は堤防をより高く、さらに高くと築いた。その結果、周囲の平地よりも、川底が高くなる天井川になってしまった。そのため、いったん決壊すると、広大な範囲が水浸しになる。

大阪の平地も似たような状態で、淀川や木津川などの大河川で洪水が起きると、甚大な被害をもたらす。

一方、大和南部の山間部では、吉野川が東から西へと流れる。和歌山県に入ってからは紀ノ川と名前を変えて、紀伊半島の西の海へと注ぐ。

さらに南方の山中では、十津川が北から南へと流れ、和歌山県へ入って熊野川となり、半島の東の海へと出ていく。

吉野川も十津川も、普段は深い谷底を流れる美しい清流だ。だが山を縫うようにして蛇行《だこう》するため、いったん大雨で増水すると、こちらも恐ろしいことが起きる。

雨で山肌の地盤が緩んだところに、濁流の衝撃を受けて山崩れが起きる。そうなると水がせき止められ、水位が急増して、谷あいの村を一気に呑み込むのだ。

十津川郷のような山深い場所であっても、洪水の危険と背中合わせであることは、昔から変わらなかった。

勤三は地震のように揺れる堤防の上で、仁王立ちを続けていた。

すでに大和で、ここまで水位が上がっているのだから、下流の河内や和泉では氾濫している可能性はある。大阪の淀川や木津川も危ない。山中の吉野川も十津川も、どうなっているか知れなかった。

明治以降、御雇外国人《おやといがいこくじん》が招聘されて、各地の河川整備など土木工事にも、洋式技術が用いられ始めている。勤三としては、そんな技術を大和に導入して、大和川や吉野川、十津川などの改修に挑みたかった。

大和国内の街道を広げて、馬車が通れるようにもしたい。鉄道も敷きたかった。そうすれば物資の運搬にも役立つし、県庁がどこにあろうとも、人々は楽に行き来できる。

だが、この雨で、各地一斉に水害が起きれば、当然、復旧は大阪が優先される。また大和が後まわしになるのは疑いない。

その時、勤三は足元を見て、わずかに水位が下がっているのに気づいた。雨の勢いは衰えていないのに。

ハッとして振り返ると、背後の青田が一変していた。青く伸びた稲が、あらかた泥水に浸かり、畦道《あぜみち》だけが水の中に見え隠れしている。

どこかで堤防が決壊して、じわじわと水が押し寄せてきたに違いなかった。これから、いよいよ水は増えていく。まさに明治元年の再来だった。

急いで堤防の斜面を駆け下り、畦道に足を踏み入れた。たちまち草鞋《わらじ》が水に浸かる。それでもかまわず水を蹴立てて走った。

安堵村の集落は大和川の両岸よりも、わずかに土地が高い。よもや村まで水に浸かるまいとは思うが、そこまで帰りつくのは、もはや容易ではない。相変わらず強い雨風が吹きつけ、それに立ち向かって走り続けた。

しだいに水かさが増して、足首の上まで水に浸かった。畦道も水の中に没したが、丈のある雑草の緑が見え隠れして、なんとか道筋はわかる。

だが、どんどん水は増えていき、雑草さえも水の中に消えた。脛にかかる水が重くなり、あっと思った時には、泥田に踏み込んでしまった。

そのままよろけて、盛大な水しぶきとともに、全身が倒れ込んだ。思いがけないほど水が深い。手をつこうとしても、田の底の泥がやわらかくて、ずぶずぶとのめり込んでしまう。

口や鼻までもが泥水に浸かり、勤三は初めて恐怖を感じた。こうしてもがいているうちに、一気に水が押し寄せたら命取りになる。手あたりしだいに稲の根元をつかもうとしたが、まだ青い稲の根は心もとなく、つかんでも抜けてしまう。

勤三は自分自身に言い聞かせた。

「落ち着け。大丈夫や。こんなことで慌てたらあかん」

そして畦道がありそうな方向に、せいいっぱい右手を伸ばした。すると水の中で雑草に指先が届き、それをたどると固い土に触れ、雑草の根がつかめた。

夢中で、そちらに這い寄った。水を含んで、とてつもなく重くなった蓑を、手早く脱ぎ捨てた。硬い畦道を探り当てるなり、両腕でしがみつき、反動をつけて這い上がった。

大量の水しぶきを引きずって、全身が畦道の上に乗った。口や鼻に泥水が入り込み、激しく咳き込む。

その時、雨音の中に、かすかに人声が聞こえた。

「旦那さまあ、旦那さまあ」

今村家の奉公人に違いなかった。勘三は必死に立ち上がり、声を限りに叫んだ。

「ここだッ。ここにいるぞおッ」

それからは畦道を踏み外さないように気をつけながら、声の方向に進んだ。しだいに集落に近づいてきたらしく、水深が浅くなっていく。

雨脚の向こうに、人影が見えた時には、助かったという思いでよろけそうだった。奉公人たちが駆け寄り、両方から肩を貸してくれて、なんとか屋敷まで運ばれた。

土砂降りの中、奉公人のひとりが先に玄関に走り込み、奥に向かって叫んだ。

「旦那さまが見つかりました。無事にお帰りになりましたッ」

その言葉と入れ替わるようにして、笹野が玄関から飛び出してきた。そして勘三に駆け寄って、ずぶ濡れの袖にすがった。

「ご無事で。ほんまに、ほんまに」

笹野は泣いていた。勤三は、かろうじて答えた。

「すまん。心配かけて。不覚やった」

玄関から入ると、子供たちが勢揃いしていた。娘たちも泣いており、息子たちは心配顔で涙をこらえている。五ヶ月前に生まれた四女のマサだけが、長女に抱かれて、何事かと目を丸くしていた。

ここ何年も、勤三は分県のことで頭が一杯で、いよいよ家庭を顧みる余裕を失っていた。そのうえ大雨となれば、われを忘れて堤防に突っ走る。家族のことなど、まったく頭にはない。それなのに妻も子供たちも、こんな父親を案じてくれている。それが申し訳なく、ありがたくもあった。


嵐が収まってみると、被害は予想以上に甚大で、大阪府全域に及んでいた。

特に淀川の決壊により、大阪の町中は広範囲が水没し、死者行方不明者は八十名を越えた。

天満橋、天神橋、難波橋の浪華《なにわ》三大橋を始め、市中の三十もの橋が、ことごとく流された。

新聞社は大阪の町中にあるため、記事も町中の被害に集中する。

大和でも各地で堤防が決壊して、十八人の死者を出し、橋が流失したのに、大阪の被害と比べて、小規模と見なされてしまった。

勤三は自分自身が水の恐怖を感じただけに、十八人の死が他人事ではなかった。そのひとりひとりに嘆き悲しむ家族がいるのだ。八十人であろうと十八人であろうと、たとえひとりだったとしても、死は死であり、数の問題ではない。

すぐさま臨時府議会が招集され、大阪の町中の復興に三十万円の投入が決定した。大和全域の一年分の税収は二十万円であり、それを上まわる金額だった。

勤三は大和の復興を強く主張したが、まったく顧みられなかった。そこで大和選出の議員たちに言った。

「こないな不公平は許せん。今度こそ分県の請願を、内務省に通してもらお」

すでに内務卿は山県有朋に替わっている。以前、千鳥ヶ淵の屋敷に日参して、面会だけはできた人物だ。

あの時は分県には無関係の役職だったために、色よい返事はもらえなかったが、今ならなんとかなりそうな気がした。

しかし中山平八郎《なかやまへいはちろう》という府会議員が、首を横に振った。

「無理や。今は皆、自分の田んぼのことで手一杯で、分県どころやない」

勤三は詰め寄った。

「けど、こういう時こそ、みんなが力を合わせるべきやないですか。弱り目やからこそ、逆転の好機のはずや。今を逃したら、二度と独立なんかできませんでッ」

中山は勤三より六歳上の四十一歳だが、細面《ほそおもて》の美男だ。細いあごを上げ気味にして、冷ややかに言い放つ。

「そう思うなら、やれる者だけで、何遍でも請願書を出したらええやないか」

それまでも中山は勤三批判の急先鋒だった。柿にたとえた狂歌も、彼の作だと噂されている。皮肉屋で策士として知られており、いかにもあんな歌を作りそうだった。

結局、勤三に賛同したのは、当初からの仲間である恒岡と薪だけだった。しかたなく三人の連名で請願書を作り直し、もういちど勤三が上京した。

しかし今度は山県にも門前払いを食らった。前回、面会できただけに希望を持っていたが、それも虚しかった。

また日参しつつ、ほかの政府要人や役人たちの屋敷もまわり始めたところ、笹野からの手紙が宿に届いた。開いてみると、大阪の銀行から借金の即刻返済を求められているという知らせだった。

度重なる上京や、東京での長期滞在で、借金は膨れ上がっていた。とはいえ毎年、収穫後に利子は払っていたし、分県が実現すれば上京の必要もなくなって、おいおい全額返済できる見込みだった。

銀行にとって勤三のような豪農は、手堅い貸付先だ。担保の土地はあるし、たとえ凶作の年があっても、かならず豊作の年も来る。そうなれば返済はできるのだ。

今年は水害のために収穫が期待できないのは、銀行も承知しているはずだった。利子分くらいなら、先祖伝来の書画骨董でも手放せば、なんとか支払える。元金は先に持ち越してもらえると、頭から信じ込んでいた。

急いで東京から大阪に戻り、銀行に出向くと、勤三との契約は、いったん今年で打ち切りだと告げられた。

「今村はん、悪おますけど、今年ばかりは全額返済で、よろしゅう頼みますわ」

水害の復興で、借り手が殺到しているらしい。だが、どうしても無理だと話すと、ほかからの借り換えを提案された。もはや受け入れるしかなく、急いで借りて、銀行には全額清算した。

だが、そこは、たちの悪い金貸しだった。気がつけば、毎日のように安堵村の屋敷に、やくざ者が押しかけてくるようになった。今すぐ家屋敷を手放せという。こちらの家族構成も調べてきて、ねちねちと言う。

「今村はん、お宅に十五歳の娘さんがいてはりますな。その娘さん、うちで預かりましょか」

勤三は無性に腹が立ったが、あえて声を低めて答えた。

「わしを見くびるなよ。そない脅しに乗ると思うたら大間違いやで。今まで刀で脅されたり、仲間にピストル突きつけられたり、修羅場はくぐっとるんやからな」

だが、やくざ者が引き上げると、絶望感にさいなまれた。借金のみならず、分県も好転の兆しはなく、このうえ家族を恐怖に陥れるわけにはいかない。

四方八方に壁が立ちふさがる。なんの打開策も見当たらない。いっそ嵐の中で死んでしまえれば楽だったかとさえ思う。

ひとりで座敷で背中を丸め、物思いにふけっていると、笹野が、かたわらに正座した。何か言われる前に、勤三が口を開いた。

「なんにも心配せんでええからな。なんとかするし」

笹野は小さな溜息をついた。

「なんで、そないにひとりで背負い込まはるんですか。分県のことも、借金のことも」

今度は勤三が溜息をつく番だった。

「わしかて、背負い込みたくて、背負い込んでいるわけやないで」

すると笹野は意外なことを言い出した。

「ずいぶん前でしたけど、あんた四国の県令さんにえらい気に入られたこと、ありましたやろ」

「ああ、関さんな。愛媛県令の関新平さんや」

「その人、あんたに愛媛の県庁で働かんかて、誘ってくれはったて」

「そんな話、おまえにしたか」

「言うてはりました。お酒を飲んで、だいぶ、ごきげんでしたけど」

言われて思い出した。愛媛から帰ってきた後、晩酌の時に笹野を相手に、ちょっと自慢話をしたのだ。

「長崎の県令さんの話も、してはりましたな。北の方に行かはったり、長崎に行かはったり、ご夫妻で知らん土地に行かはるて」

「ああ、言うたな」

その時は石田英吉の身軽さが羨ましくて、やはり晩酌の時に話したのだ。

「うちかて子供ら連れて、どこでも行く覚悟はできてます」

勤三は妻の意図が呑み込めなかった。

「どこでも、て」

「せやから四国でも、長崎でも。その県令さんたちにお頼みして、お役所で働かせてもろたら、どうでっしゃろ」

驚いて聞き返した。

「ここを離れて、わしに役人になれ言うんか」

「そうです」

「けど」

「あきませんか」

いつもはおとなしい笹野が、矢継ぎ早に応える。だが勤三には考えたこともない話であり、まるで実感が湧かない。

「けど、おまえはそれで」

「ええと思うてます。あんた、長崎の県令さんの奥さんのことを、えらい羨ましそうに話してはったし」

先祖伝来の土地にこだわる時代ではなくなったと聞いて、それ以来、笹野なりに考えたのだという。

「家族で遠くの町に行って、やり直しましょ。もし何もかも手放すのが嫌やったら、この家と田んぼを少しだけ残しておいて、誰か奉公人に留守番させたら、どうでっしゃろ。知らん町で一生懸命に働いたら、いつかは田んぼも買い戻せる日が来ますやろ」

妻が自分よりもはるか先まで考えて、覚悟を決めていたことが、ただただ意外だった。それどころか、自分は妻に大きく引き離されて、慌てるばかりだ。

だいいち関新平の誘いは冗談半分として受け取っていた。今さら雇ってくれとは言いにくい。

その迷いを見透かすかのように、笹野が言う。

「あんたは府議会のこともしたし、東京で偉い政治家の人とも渡り合うてきましたやろ。そしたら長崎でも四国でも、お役人さんが務まりますて」

畳に手をついて言う。

「どうか、どっちかの県令さんに、頭を下げてもらえませんか。わたしら家族のために」

声が切羽詰まっていた。

「おまえ、ほんまに、それでええんか」

すると初めて笑顔を見せた。

「さっきから、ええて言うてますやん」

「せやけど」

あまりに唐突な話で決断できない。

「子供はどうするんや。子供の教育は」

「長崎やったら、きっと西洋の勉強ができますやろ。四国かて、学者さんくらい居てはりますよ」

「けど、おふくろが」

老いた智加を遠くに連れて行くのは、忍びなかった。

「お義母さんかて、この話には賛成してくれてます。女は嫁に来る時に、生まれ育った家を断ち切ってますし、男の人より身軽かもしれません」

「けど」

拒むための言い訳ばかりを探すが、片端から潰されていく。それに笹野が、これほど強く主張するのは初めてだった。

「このままやったら、ほんまに娘を連れて行かれそうで、うちは怖いんです。家族でここを離れて、お役所のお給金で少しずつでも返せば、借金取りも四国や長崎までは追いかけてはきませんやろ。せやから考えてください」

勤三は、これほど女が腹をくくれるとは、今の今まで知らなかった。

屋敷の玄関を出ると、前庭にも開け放った門の外にも、大勢の村人たちが集まっていた。男たちは心配顔だし、女たちは手ぬぐいや袖の端を、しきりに目元に当てている。

勤三は、あえて明るく声を張った。

「見送り、おおきに」

いっせいに頭を下げる。玄関から笹野や子供たちが出てくると、今度はすすり泣きがもれた。

「何、泣いてるんや。夜逃げするわけやないし。だいいち、まだ朝やで」

勤三が冗談めかして言うと、笑いが出た。女たちも泣き笑いの顔になる。

「ほな、行こか」

洋服姿の勤三は帽子をかぶり、あくまでも気軽を装った。女子供は昔ながらの笠を手に、手甲脚絆の旅姿だ。これから家族で四国に向かうところだった。

あれから勤三が覚悟を決めるには、さほどの時間はかからなかった。確かに、それしか手はなかった。

愛媛県令の関新平に手紙を書くと、すぐに来いという電報が届き、取るものも取りあえず、勤三ひとりで松山の愛媛県庁に行ってみた。

すると関は大歓迎し、思いがけないほどの高給を示してくれた。

すぐに大和に戻って土地を手放し、借金を清算した。それから松山に滞在し、実質的な県令の補佐役を与えられて、無我夢中でこなした。

そうして三、四ヶ月が経ち、どうやら続けられそうだという見込みもついて、明治十九年春に家族を迎えに来たのだ。

門をくぐって出る前に、勤三は一瞬、母屋《おもや》を振り返った。この家で生まれ、この家で学び、この家で父を看取り、この家で庄屋を、そして戸長を務めてきた。

この家は手放さずにすんだ。これからは奉公人夫婦が留守番として暮らし、彼ら自身が耕す田畑だけは残してある。かならず、ここに戻ってくるつもりだった。

先祖伝来の土地を、賭け事や女遊びで手放したわけではない。あくまでも上京の費用がかさんだ結果だが、それを酔狂や道楽と見なす向きもある。でも田畑は、いつか買い戻す。そのために今、家族を連れて故郷を離れるのだ。

勤三が前に向き直って、門から外に出ると、人垣が割れて街道への道が開いた。歩き出すなり、離れの窓が目に止まった。伴林が紙片を投げ入れていった丸窓だ。

あの時の紙片は、革表紙の手帳の見返しに、いつも挟んである。苦しいことがあると、そっと開いてみる。

「大和の誇り、忘れるべからず」

すでに消し炭の文字はかすれているが、言葉は勤三の心に刻まれて、けっして消えることはない。

どんな思いで伴林光平が、この丸窓脇を通っていったのか。今の自分と同じく、かならず帰ってくるつもりだったに違いない。

天誅組の正当性を信じ、新しい時代の到来とともに、ここに戻って来ようと決めていたことだろう。そのために、なんとしても生き延びるつもりだったはずだ。

今もって天誅組の意図は、新政府の中で捻じ曲げられている。その誤解を解くためにも、勤三は戻ってこなければならない。分県のことも、完全に諦めたわけではなかった。

村人たちは村外れまでついてきた。笹野や智加と何度も挨拶を交わし、いつまでも勤三たちを見送ってくれた。

大阪から愛媛に向かう蒸気船は、翌朝の出航だった、そのために一泊だけ、家族でノトの実家の世話になった。この家の離れで、すでに長男の幸男が暮らし始めている。

愛媛への移住を決めた時に、ノトが申し出てくれたのだ。

「幸男ちゃんの学問、気がかりやったら、大阪の塾に入れてったら、どないや。大阪やったら評判のええ塾があるし、いずれは郡山中学に入れるように準備さしたらええ。うちの実家の離れが空いてるし、身のまわりの世話くらい、うちがしたるで」

すでに大阪府立の公立校として、郡山中学校が開校していた。勤三たちが府議会議員として強く働きかけ、大和のために勝ち取った数少ない成果だった。

「けどノトさんに、そこまでしてもらうわけには」

勤三が遠慮すると、ノトは片手を振った。

「かまへん、かまへん。うちは嫁と反《そ》りが合わへんし、実家でのびのびできる口実ができて、大助かりや」

それならばと申し出を受けて、戸田塾という私塾に通わせることに決めた。

だが後になって笹野が打ち明けた。

「ノトさん、お嫁さんと反りが合わへんって、あれ、嘘ですよ。仲良うやってます。あんたが遠慮せんように、嘘、言わはったんです」

しかし、もう入塾を決めてしまっており、ノトに頼るしかなかった。

翌朝、松山行きの蒸気船に乗り込む際に、幸男はノトと一緒に、大阪港の波止場まで見送りに来た。すでに小さな蒸気船なら横づけできる桟橋が完成しており、桟橋から甲板まで、直接、梯子が架け渡されていた。

その手前で勤三は、折りたたんだ小さな紙片を、黙って幸男に手渡した。前夜、ノトの実家で細筆を借りて、あの短文を書いたのだ。

「大和の誇り、忘れるべからず」

父親が故郷を離れなければならないのは、けっして不名誉なことではないと、息子に伝えたかった。奇《く》しくも幸男は、あの時の自分と同じ十三歳になっている。

消し炭書きの紙片を受け取った後、伴林を追いかけられなかった哀しみが、眼の前の息子に重なる。

本当は幸男も家族と一緒に、蒸気船に乗り込みたいに違いない。だが残らなければならない事情を察して、懸命にこらえている。

智加が深くしわの寄った手で、孫の手を包んで言う。

「からだに気をつけてな。よう勉強するんやで」

ノトには何度も頭を下げる。

「お手数やけど、よろしゅう頼みます」

ノトは大げさなほど首を横に振る。

「気にせんといて。うちは今村さんとこの大事な跡取りの世話ができて、ほんまは嬉しいねん」

智加は幸男の手を離さずに、幾度も同じことを言った。

「ほんまに体に気いつけてな」

涙声になっていた。

笹野が言った通り、智加は愛媛への移住について、とうとう反対しなかった。老いてから知らない土地で暮らすのは、嫌でないはずがなかったが、不満ひとつ口にしなかった。だが可愛い孫との別れは、いざとなると、何よりつらいのだ。

一方、笹野は幼い子供たちの世話にかまけて、息子には何も声をかけなかった。

けたたましく銅鑼《どら》が鳴って、船会社の男たちが乗船を促す。

「乗船のお客さんは、早う乗ってください。乗り遅れますよォ」

勤三は老いた母を促して梯子段を昇り、甲板に至った。笹野は子供たちに父の後を追わせ、最後に末子を抱いて昇ってきた。

甲板から船室へと下ると、作りつけの寝台が並んでおり、幼い子供たちは珍しさに歓声を上げた。

船室には小さな丸窓がついていた。勤三は真鍮製の取っ手をひねって開け放ち、淀んだ空気を入れ替えた。

間もなく錨が巻き上がる気配がして、船と桟橋をつないでいた梯子が外された。汽笛が響き、石炭の燃える匂いがして、蒸気船が動き始める。海面が泡立ち、船と桟橋の間が開いていく。

その時、笹野が丸窓に取りついて、桟橋に立つ幸男に初めて声をかけた。

「幸男、からだに気いつけてな」

言葉尻が潤んでいた。

その途端に、幸男の口元が大きくゆがんだ。桟橋の手すりを握っていた手を離して、片肘を上げ、腕を目元に押し当てた。しゃくりを上げて泣く。

幸男の背後にはノトが立ち、慰めるように両肩に手を当てていた。

いよいよ船は桟橋から離れ、ふたりの姿が遠のいていく。笹野は丸窓にしがみついて肩を震わせる。そのかたわらで智加もすすり泣く。

勤三は桟橋で、妻が息子に声をかけなかった理由に気づいた。ひと言でも口にしたら、張り詰めた気持ちが崩れてしまいそうで、何も言えなかったのだ。

勤三は心の中で詫びた。故郷を去ることに、もはや迷いも後ろめたさもない。ただ、まだ十三歳の息子と、それを置き去りにしなければならない妻や母には、すまないという感情が湧く。

ふたたび伴林との別れを思い出す。刑死したと知った時の深い悲しみは、おそらく生涯、忘れられそうにない。

でも自分は戻る。かならず帰ってきて、幸男が大和の男として成長する姿を見るのだ。そう自分自身に言い聞かせ、小さくなっていく息子の姿を見つめた。

7　達成の時

勤三にとっての夢は、大和での道路の拡張と鉄道の敷設、それに地方新聞の発行だ。そのため土木には興味を持っており、おのずから愛媛県内の土木行政に関わるようになった。

特に県東部の讃岐地方で、鉄道敷設の動きがあった。瀬戸内海に面した多度津《たどつ》という港から、こんぴらさんで知られる琴平《ことひら》という門前町まで、参拝客を運びたいという地元の強い要望が起きていた。

廃藩置県以降、いったん讃岐は香川県になったのに、明治九年から愛媛県に統合されてしまった。そのため大和同様、独立の気運も高い。

勤三は愛媛県庁のある松山から、たびたび讃岐に出張しては、地元の人々の声を聞き、手助けの方法を探った。

一方、松山で暮らし始めた家族は、まず言葉の違いから苦労した。町場の暮らしも初めてで、八百屋や魚屋での買い物にも戸惑った。安堵村にいた頃は、米はもちろん、葉物でも根野菜でも自分の畑で採れたし、魚など川魚を獲ってくるくらいだったのだ。

それでも子供たちが最初に慣れて、笹野も状況が呑み込めると、しだいに馴染んでいった。ただし智加は、今さら同年輩の話し相手もできず、家の中に閉じこもりがちになり、持病の喘《ぜん》息《そく》が悪化した。

移住の翌年である明治二十年は、哀しみが続いた。三月七日に関新平が在職中に急逝した。勤三は引き立ててくれた上司を失ってしまった。

二ヶ月後には末子で三歳のマサが、腸捻転《ちょうねんてん》で小さな命を閉じた。生まれつき丈夫ではなかったが、馴染みない土地で娘を助けられず、勤三の悔いは深かった。

孫の死を哀しんだ智加は、いよいよ喘息の発作が激しくなり、夏の暑さにも勝てずに痩せていった。

夏の最中、勤三が、いつものように多度津と琴平に出張して、松山に戻ってきた日のことだった。

智加は前夜に発作を起こし、体力を失って床についていた。勤三は笹野から様子を聞いて、真っ先に母を見舞った。

「お母ちゃん、具合、どおや」

枕元であぐらをかくと、智加は上掛けから片手を出して、力なく左右に振った。

「いつもの発作や。気にせんでええ」

その手指は、皮が骨に張りついたかのように細かった。思わず詫びの言葉が出た。

「お母ちゃん、堪忍な。知らん土地で苦労さして」

　すると智加は弱々しく微笑んだ。

「知らん土地やからとは違うで。もう歳や。大和におったとしても、同じやったで」

　声にも力がないが、ゆっくりと言葉を継いだ。

「もう歳やしな、何があってもおかしゅうはないけど、どこで死んでも、私はええと思うてる。あの世で、お父さんに会うたら、胸張って言えるし」

「親父に、なんて言うんや」

「勤三は立派に庄屋を務めて、府会議員にもなって、大和の独立に力を注いで、そのために村を離れたけど、立派な大和の魂を貫いてるて、そう話したる。お父さん、きっと喜ばはるで」

　智加は天井を見上げて、淡々と話す。

「死んだら、骨はマサのも一緒に、安堵村のお墓に入れてな。こっちで埋められたら、やっぱり寂しいし。それから、もうひとつ」

　息子に視線を戻した。

「こんぴらさんに鉄道を通すのもええけど、もし大和に、もういっぺん独立の話が起きたら、かならず戻りや。あんたの志やし、成し遂げるまで頑張りや」

　勤三は胸を突かれた。実は、すでに恒岡直史から手紙が届いていたのだ。ここのところ大和で独立の気運が高まっており、戻って手を貸してくれという内容だった。

　だが讃岐での仕事が軌道に乗っており、今さら戻っても、前の繰り返しになるとしか思えない。そのために断ってしまっていた。

　智加は少し息苦しそうに話す。

「大和を独立させられたら、あんたは、ほんまに自慢の息子や。お父さんが生きてはったら、やっぱり大和の独立を望まはったやろし」

　もういちど微笑んで言い直した。

「今かて自慢の息子やけどな」

　その夜、またもや智加は発作を起こした。

　日頃は笹野が、医者の処方する薬を飲ませているが、発作が起きると手の施しようがない。激しく咳き込み、気管が狭まって息ができなくなる。医者が駆けつけるのを待つばかりだ。

　智加は胸をかきむしって苦しんだ。みるみる顔が紫色に変わり、悶絶の表情を浮かべる。苦し紛れに布団に突っ伏し、亀のように背中を丸めて、全身をふるわす。その背中を、笹野が懸命にさする。

　勤三は居ても立ってもいられず、気道を開けられないかと、母親を仰向けに抱き起こし、口に手を突っ込んで、指先で喉の奥を探った。

　だが智加はなおさら苦しむばかりだ。どうすることもできない。ただ声をかけて励ますしかなかった。

「お母ちゃん、頑張ってくれ」

　どうか発作が収まるようにと、今すぐ息ができるようにと、神仏に祈った。

だが祈りはむなしく、呼吸は戻らないまま、ふるえが小刻みになり、そして動かなくなった。固く握りしめていた拳から、力が抜けて指が緩んでいく。

勤三は母を揺すった。

「お母ちゃん、死なんでくれッ」

幼い子供のように泣き叫んだ。

「死なんでくれ。頼むから、息してくれ」

医者が駆けつけた時には、手も顔も冷たくなっていた。

枕元に線香が立てられ、顔に白布をかけた母に向かって、勤三は頭を下げた。

「お母ちゃん、ごめんな。知らん土地に連れてきて、こないに苦しませて」

すると、かたわらにいた笹野が言った。

「謝らんといてください。お母さん、あんたに謝られとうないて、それが遺言やったんです。あんたに後悔させとうないて」

勤三はうつむいてうなずいた。ただただ息子を思いやる母の慈悲深さに、なおさら涙は止まらなかった。

智加の葬儀が終わってから、勤三は恒岡からの手紙を、もういちど読んでみた。

今年、全国規模で土地価格が見直され、大阪府内では大阪はもちろん、河内や和泉でも評価が下がった。百円に対して五円ずつ引き下げられたのだ。

地価が下がれば、税金も安くなる。農家は見直しを歓迎した。だが大和の地価だけが据え置かれてしまった。

これに対して大和の農家の怒りが沸騰した。これも大阪府の一部として扱われるからであり、今度こそ独立を勝ち取らねばと、大和全域で盛り上がっているという。

もういちど東京に請願に出向くから、同行してくれと、恒岡は書き送ってきた。やはり勤三がいなければ、政府内の人脈がわからず、どこに請願書を持っていけば効果的なのか見当がつかない。また一から出直すわけにはいかないというのだ。

最初に読んだ時には、現金なものだと思った。洪水の後に、あれほど勤三が呼びかけた際には、まるで反応がなかったのに、金が関わるとなった途端に再燃するとは。

あの時、中山平八郎が細いあごを上げ気味にして言い放った、冷ややかな言葉が忘れられない。

「そう思うなら、やれる者だけで、何遍でも請願書を出したら、ええやないか」

突き放された絶望感は大きかった。そこに借金返済が重なって、故郷を去るに至ったのだ。何を今さらという思いがある。

反面、智加の遺言も重い。

「大和を独立させられたら、ほんまに自慢の息子や。お父さんが生きとったら、やっぱり大和の独立を望んだやろし」

床の間に仮置きした母の骨壺を見ると、心が揺れる。

でも恒岡の誘いには、もう断りの返事を送ってしまっている。それに今さら帰っても、思う通りに動けるとは思えなかった。

故郷を気にかけながらも、また讃岐に出張した。瀬戸内海は船の便が盛んで、行き来に不自由はない。

つい最近、国の政策が変わって、多度津と琴平間の鉄道計画が、急に具体化できることになった。全国各地で鉄道の需要は高いが、政府には投入すべき公金がない。そのために私設鉄道条例が制定され、民間資金による敷設が認められたのだ。

港町の多度津でも、こんぴらさんこと金刀比羅宮《ことひらぐう》のある琴平でも、勤三は説明会を開いた。すると住民たちが続々と集まってきて、熱心に話に聞き入った。

勤三は鉄道ができれば、金刀比羅宮への参拝客は増加し、港町も門前町も大いに潤うと、利点を強調した。

すると出資の申し出が相次ぎ、目標額が集まる見込みが立った。そこで申請書を用意し、地元の出資者に署名をさせて、東京の工部省《こうぶしょう》と郵便でやり取りした。

地元でも東京からも面白いほどの手応えがあり、勤三は計画をふくらませた。

まずは当初の案の通り、多度津から内陸の琴平までを南北につないで、大量輸送の実績を示す。それができたら、今度は多度津から海沿いに、城下町だった高松まで線路を延ばすのだ。

瀬戸内海沿岸には、多度津以外にも丸亀《まるがめ》などの港町が連なる。それを鉄道でつなげば、讃岐全体に一体感が生まれ、愛媛県からの独立の気運も、いっそう高まる。

高松や丸亀でも説明会を開いて、この計画案を発表すると、これまた予想を上まわる支持を得た。

勤三は県の役人だからこそ、これほど容易に牽引できるのだと自覚している。大和には勤三のような役人はいない。どうしても対等な立場で話をまとめなければならず、それが難しい点だった。

とはいえ讃岐で分県が実現できれば、それが呼び水になって大和でも道が開けるかもしれない。そう期待して、鉄道の事業に尽力した。

いよいよ事業は具体化し、多度津駅と琴平駅の場所を決め、大阪から技師を呼んで測量にも着手した。

九月半ば、勤三は琴平の定宿に泊まって、翌朝、駅の予定地から金刀比羅宮までの距離感をつかもうと、階段を昇ってみることにした。

本宮まででで八百段近く、奥社までいけば千数百段はあるという並外れた石段で、その長さが、むしろ名物になっていた。

ところが朝食を終えた時、宿の主人が部屋に現れて言った。

「大和から中山平八郎さまという方が訪ねておいでですけど、お通ししますか」

勤三は驚いた。あの皮肉屋の中山が、こんなところまで何用かと、急いで立ち上がった。

「いや、それには及ばん。外で会う」

そのまま玄関に向かうと、細面の中年美男が立っていた。

勤三は上がり框《かまち》に腰を下ろして、靴を履きながら聞いた。

「わざわざ何の用ですか」

中山も挨拶もせず、突っ立ったままで答えた。

「話をしにきた。時間あるか」

「これから、こんぴらさんの階段を昇るとこですけど」

「そんなら、付き合うたる」

「えらい長い石段でっせ。八百段とかゆうて」

「そんなん、かまへん」

たがいに意地の張り合いで、参拝の人々に紛れて本宮に向かった。

参道を進むと、すぐに幅五、六メートルほどの石段に至る。十数段昇ると平らな石畳に変わり、また数段の階段、また石畳の踊り場と、交互に現れる。

左右には土産物屋や茶店が軒を連ね、赤い前垂れ姿の若い娘たちが、あちこちから声をかけてくる。

「杖《つえ》は要りませんか。先は長いですよォ」

「お茶はいかがですか。喉、乾きますよォ」

特に美男の中山には愛想よく勧めるが、中山自身は無視して石段を昇り続ける。意外な堅物だという噂を、大和にいた頃に聞いたことがあるが、どうやら事実らしい。

だが、しだいに息が荒くなり始めた。

「中山さん、大丈夫ですか。まだまだ先は長おますよ」

「そういうおまえこそ、はあはあ言うてるやないか」

「私は三十七ですけど、中山さんは、とっくに四十過ぎてはるし」

「あほ。とっく言うたかて四十三や。年寄り扱いすな」

何度めかの踊り場に至った時に、とうとう中山の足が止まった。上から降りてくる人と行き交い、下から昇ってくる人には追い越される。

勤三は、さっきから疑問だったことを聞いてみた。

「なんで琴平にいるて、わかったんですか」

「なんでて」

肩を上下させ、息を整えながら話す。

「愛媛県庁で働いてるて聞いたさかいに、わざわざ松山まで行ったんや。そしたら、おらん。多度津ゆう港やて聞いて、船に乗ってきたのに、またおらん。しまいに、こんぴらさんに居てるて聞いて、ようやく捕まえたとこや。こないに、はるばる来てもろて、ありがたいと思えや」

勤三は眉を上げ、おどけた顔で礼を言った。

「それは、わざわざ来てもろて、おおきに」

中山は不機嫌顔で、また石段を昇り始めた。

「おまえ、ここらに鉄道、通すんやてな」

勤三は隣を歩きながら答えた。

「通すのは地元の力でっせ。わしは手伝うてるだけですわ」

「それにしても、多度津でも琴平でも、今村勤三ゆうたら、えらい評判やったで」

さすがに面映《おもはゆ》い思いがした。

「そうですか」

「おまえ、役人が性《しょう》に合うてたんやな」

「いや、それより、もともと地元がひとつにまとまりやすいんと違いますか。きっと、ここは分県もうまくいきますよ」

大和では、ひとつにまとまらなかったと含ませると、中山は返事をしなかった。

しばらく黙って昇り続けていると、茶店の娘が声をかけてきた。

「ひと休みしませんか。お茶と甘いもので、元気が出ますよ」

すると中山が応じた。

「そしたら休ませてもらおか」

店先に出ていた赤い毛氈《もうせん》の縁台に、さっさと腰かけて手招きする。

「おまえも座れ。おごったる。いくら忙しいお役人さんかて、このくらい休んでもええやろ」

勤三が並んで腰かけると、中山は巾着を開いて、ふたり分を先払いして頼んだ。

「ねえちゃん、お茶と甘いもん、ふたつずつな」

茶が出てくるまで、眼の前の石段を行き交う人々を眺めていると、中山が前を向いたままで言った。

「恒岡から手紙、届いたやろ」

「もらいました」

「あの返事、考え直さんか」

「東京に行く件ですか」

「そうや。わしが誘いに来んと今村は動かんて、恒岡が言うさかいに、しゃあない、来てやったんや」

「中山さんに、わざわざ来てもろても」

「待て。しまいまで言うな。茶が来たで」

ちょうど茶店の娘が、湯呑とまんじゅうを丸盆に載せて、運んできたところだった。中山が腰をずらし、ふたりの間に丸盆を置かせた。

ひと口、茶をすすって、中山が言う。

「洪水の時は、わしの言い方が悪かった。けど、あの時は誰も彼も、自分の家のことで精一杯で、分県どころやなかったんや。それはほんまやで」

まんじゅうを手に取って、ふたつに割り、それに目を落とした。

「けど今度は違う。なんで大和だけ地価が下がらんのかて、みんな怒っとる。金がらみやから本気になるゆうのは、おまえみたいな青臭いやつには気に入らんかもしれんけど、この不満が分県に向かってるんや。今こそが好機や。それだけは、わかってもらわんと」

県庁所在地は奈良で決定し、県名も奈良県でいくという。

「今回、東京に請願に行くに当たって、わしは代表者に名乗り出たんや。もう人任せにできんさかいに」

勤三はまんじゅうを、ひと口かじって呑み込んだ。

「中山さんが行くんやったら、わしが出ていく意味なんか、あらへんでしょう」

「それが、あるんや。恒岡が言うとる。東京で、どこの誰に頼みに行ったらええのか、今村がおらんと、わからんて」

「そんなことありませんよ。分県は内務省に、地価見直しの件は大蔵省に、それぞれ請願書を出せばええだけです」

中山はむっとして言い返した。

「それで話が通るんやったら、わしかて、こんなとこまで来えへん。東京の人脈は、おまえがひとりで東京に残った時に、あっちこっちに頭下げて、ようやく信用してもらえるようになったて、恒岡が言うさかいにな」

勤三は小さな溜息をついた。

「恒岡さんがそう言うたとしても、ほかの衆はどう思うてるんですか。中山さんかて、ほんまは今村なんか要らんて、思うてるんとちゃいますか」

するとの中山は、割ったまんじゅうの片割れを口に押し込んだ。もぐもぐとかみながら、不機嫌そうに黙っている。

そして呑み込むなり、また言葉を発した。

「恒岡が手紙で誘ったのに、おまえは断ってきた。それは、わしと反りが合わんかったからやて責められた。まあ、正直に言うたら、あんまり恒岡がしつこいさかいに、仕方なく、こっちに来たんやけどな」

残ったまんじゅうに目を落とす。

「けど、こっちに来て、おまえの評判を聞いて、わしは間違ってたかもしれんて、初めて思うたんや。おまえの猪突猛進なとこが、わしは気に入らんかったけど、そこが人に信頼されるのかもしれん」

それから丸々ひとつ食べ切って、両手をはたいてから、勤三に顔を向けた。

「なあ、わしらと一緒に、もういっぺん東京に行かんか」

今度は勤三が視線を外した。

「大和のことは忘れたことはあらへんし、役に立てるのなら立ちたいと思うてます。けど今は、こっちの鉄道のことがあるし」

「それは百も承知や。けど鉄道のことは、東京に行って帰ってくる間だけでも、ほかの役人や地元の衆に任せられんか」

だが責任をまっとうできないのは不本意だった。

すると中山は細い顎先で、勤三のまんじゅうを指し示した。

「早う食うてしまえ。もう行くで」

自分だけ食べて急《せ》き立てるとは、身勝手なことだとは思いつつ、勤三は残りを頬張り、茶で流し込んだ。

そして、ふたりでまた階段を昇り始めた。たしかに元気が出て、足取りが軽くなった気がした。

中山が少し前を歩きながら言う。

「上京の代表者は、もう決めなあかんさかいに、今すぐ承諾してもらえんのやったら、おまえには正式な代表者やのうて、前みたいな形で来てもらうしかない。その時は、おまえの旅費と滞在費は、わしが持つ」

上京の日が決まったら、電報で知らせるという。

「間に合うたら一緒に行ってくれたらええし、後から追いかけて来てもええ」

それからも、ふたり黙って昇り続けた。

途中の鳥居をくぐると店が途切れ、緑豊かな境内に入った。もうそろそろ本宮かと期待したが、そこからもまだまだ階段が続く。

正面に立派な建物が見えてきて、いよいよかと思ったが、石段は左に折れ曲がり、なおも続いている。

とうとう中山が弱音をはいた。

「まだかいな。もう堪忍してくれよ」

さすがに勤三も足が止まった。

「ほんまや、いつまで続くんやろ」

　すると中山が大きな目を見開いた。

「おまえ、昇るの初めてやったんか」

「当たり前ですやん。駅からの見当をつけるんで、昇ってみたんやし」

「けど、何百段とか言うてたやないか」

「それは数字を聞いてただけですわ」

「なんや、それなら、そう言うてくれんかいな」

「言うたら、なんか変わってましたか」

「そら変わらへんけどな。ああ、見てみい。また、えらい長いのがあるで」

　階段は右へ左へと折れ曲がった挙げ句に、まっすぐ上へ上へと伸びていた。へとへとになった頃、ようやく本宮にたどり着いた。ふたり並んで賽銭を投げ入れて、柏手を打ち、両手を合わせた。

　本殿前から離れるなり、中山が言った。

「今村勤三が東京に来ますようにて、こんぴらさんに、あんじょうお願いしたで」

「こんぴらさんは海とか船の神さんやさかいに、東京は担当外でっしゃろ」

「いやいや、横浜までは船やし、かなえてもらえるはずやで」

　ふたりで笑い出した。

　勤三は頑《かたく》なだった心が、いつのまにか和んでいるのを感じた。策士である中山の術中に、はまった気もしないではないが、それも悪くはないとも思った。

中山は下に戻ると言い、奥社まで昇る勤三とは、本宮前で別れることになった。

別れ際に中山は頭を下げた。

「おまえも、わしも、ほかの衆も、大和を独立させたいゆう思いは一緒や。そんなら力を合わせよ。もう、ほかの奴らにも文句は言わせせんし」

勤三は何も答えずに奥社に向かった。

口には出さなかったが、勤三が願掛けしたのは大和の独立だ。できることなら自分が関わりたい。それが亡き母の望みでもある。

でも、そのためには乗り越えなければならない課題があまりに多い。たとえ自分が関われなくても、故郷は独立して欲しいと願をかけたのだった。


確固たる決意がつかないまま、景山甚右衛門《かげやまじんえもん》という多度津の廻船問屋《かいせんどんや》の主人に、相談を持ちかけてみた。

甚右衛門は最初に鉄道の夢を抱いた人物で、豪胆で面倒見がよく、地元のまとめ役でもある。讃岐で鉄道会社ができる際には、社長は甚右衛門しかいないと、勤三は見込んでいた。

「まだ決めたわけやないんやけど、もしかしたら半月ほど、暇をもらえるか」

「もちろん、かましませんけど。何か事情があるんでしたら、お聞かせ願えませんか。お力になれることでしたら、なんなりと承りますし」

「そしたら、ここだけの話にして欲しいんやけどな」

そう前置きして、勤三は大和の独立のために上京したいと、正直に打ち明けた。

すると甚右衛門は胸を張った。

「そういうことでしたら、どうぞ、お出かけください。今村さまには道をつけて頂いたし、もう技師の方も来てくれてますから。ちょっとは不安はありますけど、なんとかなると思います。わしも頑張りますし」

それから松山の自宅に戻って、笹野にも聞いた。

「もういっぺん、大和の独立に関わってくれて、頼まれたんやけど」

またもや笹野は身重だった。それも、あとひと月で予定日という大きな腹を抱えている。だが反対はしなかった。

「引き受けはるんでしょう。亡くなったお母さん、喜ばはりますな」

だが勤三は、なおさら表情を引き締めた。

「今度やるとなったら、ほんまに最後の機会や。なんとしても成し遂げなあかん。せやから覚悟はしてもらいたい」

笹野は恐る恐るといった様子で聞く。

「覚悟て、命でも、かけはるんですか」

「そのつもりや。借金も返せたし、松山に来てから少しは蓄《たくわ》えもできた。もし、わしの身に何かあっても、おまえと子供の暮らしは立ち行くようにしとくさかい」

初めて妻に向かって頭を下げた。

「その時は、子供らのこと、頼むで」

顔を上げると、笹野の目には、もう涙がたまっていた。何度も瞬いて乾かそうとしている。

「できることなら」

ぽろりと涙がこぼれた。

「できることなら、無事に帰ってきてください」

頬に伝う涙を手の甲で拭《ぬぐ》う。それが愛しくて、勤三は空約束をした。

「きっと無事に帰ってくる」

だが、すぐに言い添えた。

「できるだけ、そうするつもりやけど、もし帰ってけえへんかっても、恨まんといてくれ」

妻に打ち明けたことによって、勤三の覚悟も確固たるものになった。

その夜、ていねいに墨を擦って辞表を書いた。愛媛県の役人の立場では、大和のことに命をかけるわけにはいかない。もし命を落としたら県に迷惑がかかる。

翌朝、藤村紫朗《ふじむらしろう》に辞表を手渡した。急逝した関新平に代わって、愛媛県知事になった元熊本藩士だ。それまでの県令という名称は、すでに県知事に変わっていた。

熊本出身者には肥後もっこすといって、頑固者が多いと聞いており、着任して以来、勤三は少し距離を置いていた。広い額と黒々とした口髭が、いかにも頑固者に見えたのだ。

事情を打ち明けると、藤村は聞いた。

「なぜ、そこまで分県にこだわるのかね」

また包み隠さず、天誅組に始まる郷土への思いを語った。

すると藤村は意外なことを話し始めた。

「私が熊本藩を脱藩したのは、天誅組の挙兵がきっかけだった。都に出て、勤皇の志士として討幕を目指すつもりだったのだ」

勤三は驚いて聞いた。

「その後、どうしはったんですか」

「おめおめと藩に戻るわけにもいかず、都で勤皇の志士を気取っていた。御一新の直前に起きた高野山《こうやさん》の挙兵のことを、知っているかね」

「一応のことは耳にしてます」

それは天誅組挙兵の五年後の出来事で、その時、勤三は十八歳になっていた。

高野山は大和と紀州の国境に位置し、広大な寺領を持つ独立地だった。そこに十津川の郷士たちが集まり、討幕の兵を挙げたのだ。

「あの挙兵に、実は私も加わったのだ」

「ほんまですか」

「あの時、十津川の衆は、天誅組の再起とか弔《とむら》い合戦とか申して、意気盛んだった。私も、そのつもりだったし、ほかの脱藩浪士たちも加わって気勢を上げたものだ」

しかし、ほぼ同時期に京都郊外で鳥羽伏見《とばふしみ》の戦いが勃発して、幕府は崩壊していった。そのために高野山の挙兵は注目されなかったという。

勤三としては天誅組に続く縁が、こんなところにもつながろうとは夢にも思わなかったが、それほど影響力は大きかったのだ。

藤村紫朗は勤三の辞表を手に取った。

「そんな縁があるのだ。この辞表は、とりあえず私が預かっておこう」

しかし勤三はきっぱりと言った。

「いいえ、預かるのやなくて、今、受理して頂かんと困ります。そうせんと、私は東京で思うように動けません」

「わかっている。もし、そなたの身に何か起きたら、この辞表は受理してあったことにさせてもらう。そうすれば県とは無関係になるし、そなたの家族に退職金も支払える。だが、もし無事に帰ってこられたら、この辞表はなかったことにしよう。また愛媛県のために働いてくれ」

思いがけない話であり、また、ありがたい話でもあった。勤三は好意を素直に受け入れることにして、深く頭を下げた。

「ならば、そうさせて頂きます」

藤村は力強く言った。

「東京で、思う存分に暴れてこい。そなたにとって、これが天誅組の再起だ」

それからほどなくして、中山平八郎が電報で上京の日を知らせてきた。すぐさま勤三は自分も出向くという返電を打った。

同時に服部蓊にも打電した。今回の上京の代表者は中山と恒岡で、蓊は含まれていない。そのため大阪港まで見送りに来て欲しいと頼んだ。

そして先祖伝来の懐剣《かいけん》をズボンのベルトに差し、それを上着で隠して家を出た。

今村家は幕末まで苗字帯刀を許された家柄だったが、明治九年の廃刀令《はいとうれい》で大刀も脇差《わきざし》も手放してしまった。ただ刀身のごく短い懐剣だけは、護身用として残しておいたのだ。

大阪港で上陸すると、三人が待ち構えており、大喜びしてくれた。

「これで百人力や。今度こそ、地価訂正と分県を成功させるでッ」

勤三は覚悟を口にした。

「これがほんまに最後やで。あかんかったは、なしや」

そして横浜行きの船を待つ間、蓊とふたりきりの時間を作り、一通の封書を手渡した。

「委任状や。これを渡すために、おまえに来てもろた。もし東京で、わしの身に何か起きたら、その後のことを頼みたい」

蓊は眉をひそめた。

「何か起きたら?」

「今度の上京には命をかけるつもりや。刀やピストルで脅されても、絶対に引かん」

すると蓊は委任状に目を落として、うなずいた。

「わかった。けど軽々しいことは、せんといてくれ」

「わかってる。ただ、万一のことを決めておかんと、強気に出られへんさかいに」

「そしたら、何したらええ?」

「松山の銀行に、少しだけやけど蓄えがある。県庁から退職金も出るはずや。それを使って、できるだけ安堵村の田んぼを買い戻してくれ。それで女房子供の暮らしが立ちゆくようにして欲しいんや」

「わかった。万が一、そういうことになったら、みんなから見舞金を集めて、その足しにするさかいに、何も心配せんでええ」

見舞金など頭になかったが、家族のことを思えば、それもありがたかった。

「ほんなら頼むで」

「けど」

「なんや」

「けど、この委任状が無駄になるように、わしは祈っとるで」

勤三は笑顔になって、翁の大きな背中をたたいた。

「わかってるて」

これで準備はすべて整い、後顧の憂いなく、中山と恒岡とともに出発した。

東京に着くなり、以前と同じ神田今川小路の宿に入った。

ほぼ三年ぶりの東京で政府内の事情も変わっているかもしれないと、税所篤など旧知の高官や役人の自邸に挨拶にまわって、最近の情報を集めた。

明治維新以降、太政官制が敷かれていたが、二年前の明治十八年に内閣制度が始まり、伊藤《いとう》博文《ひろぶみ》が総理大臣の座についた。この時に大蔵卿や内務卿も、大蔵大臣、内務大臣と改められた。

再来年《さらいねん》の明治二十二年には憲法が発布されて、帝国議会が開設される予定になっている。政府内は、その準備に追われており、けっして請願に適した時期ではなさそうだった。

それに、この三年間で部署を異動した役人も多く、勤三が築いた人脈は生かせなくなっていた。

税所篤は薩摩顔を傾げてしばらく考えていたが、結局は正攻法で行くしかないと助言した。

「地価見直しの件は大蔵省へ、分県については内務省へ出向いて、各大臣あての請願書を、まず提出するしかなか」

大蔵大臣は税所と同じく、薩摩藩閥の松方正義《まつかたまさよし》だった。

「松方どんは知らぬ仲ではなかし、話は通しちょくが、すぐに歩み寄ってもらえるか、とことん拒絶さるっか、極端かもしれんど」

松方正義は二十数人もの子供を設けた艶福家《えんぷくか》として知られている。仕事にも精力的で、もともとは大蔵官僚として地租改正の実務を担当し、その実力が認められて出世を果たした。だが当時、大蔵卿は大隈重信《おおくましげのぶ》で、松方は反りが合わず、一時、大蔵省を離れてフランスに留学した。

全国的な地価の引き下げは、その間に大隈重信の手で推し進められた。明治維新以降、財政危機が続いているにもかかわらず、税収を減らしてしまった大隈の政策には、松方は今も反感を抱いているという。

「じゃっで大和の不満には、もしかしたら共感してもらえるかもしれん」

その一方で松方は、これ以上、一円たりとて税収を下げるつもりはなく、はねつけられる可能性も高いという。

「もういちど地価を見直して欲しいちゅう請願は、日本中から出ちょる。そん中のひとつでも認めたら、あっちもこっちもちゅう話になる。大蔵省としては一ヶ所たりとて認めるわけにはいかんじゃろう」

勤三ら三人は、礼を言って税所の屋敷から退くと、助言通り、大蔵省と内務省に請願書を提出した。だが案の定、大臣はもとより、関係者にも面会できない。

「そしたら夕方、屋敷の方を訪ねよか」

公的には引き受けられないが、自邸で腹を割って話すと、いくぶん効果的であることは、今までの経験からわかっている。

松方邸は三田《みた》の慶應義塾の北側だった。内務大臣である山県有朋の邸宅は、前の上京の時にも日参した千鳥ヶ淵だ。

大臣が在宅している朝夕を見計らって出かけたが、連日、門前払いが続いた。

税所篤から松方に話を通してもらっているはずだが、効果は薄かった。これは、いよいよ厳しいことになりそうだった。

何か取っ掛かりがないか、三人で近くの商店に聞き合わせると、三田の松方邸は、もとは愛媛の松山藩邸だったという。

これは何か使えるかも知れないと、勘三の勘が働き、急いで門に戻った。

そして門番に愛媛の話を振ると、やはり松山の出身だった。藩邸だった頃から門番を務めており、今も門脇の御長屋で暮らしているという。

屋敷内の奉公人にも元松山藩士が何人もいた。もともと松方自身が家臣を持つ身分ではなかったので、屋敷にいた奉公人たちを、そのまま雇い入れたのだった。

勘三が愛媛県庁の職員だと話すと、門番は急に親しみを感じたようで、家令に話を通してくれると言い出した。やはり家令も元松山藩士だという。

勘三は思わず両拳をかためて、恒岡と中山と笑顔を見合わせた。ふたりとも天にも昇らんばかりの喜びようだ。

座敷に案内されて、家令とも少し松山の話をすると場がなごんだ。

「旦那さまは夕方には帰られますから、それまでお待ちください」

障子が開け放たれており、秋晴れの下、池を中心に庭が美しく整えられていた。松方は建築や築庭に造詣が深いことでも知られ、いかにも大名庭園らしい風情だった。

三人だけになると、中山が小声で言った。

「もしも松方さまの態度が、どうにもならんほど強硬やったらの話やけどな」

それは充分に考えうることであり、勘三は恒岡とふたりで身を乗り出して聞き入った。

するとと中山は細いあごを引いて、いっそう声を低めた。

「地価見直しを引っ込めるのを条件に、分県を頼むのも手や」

恒岡が即座に反対した。

「それはあかん。大和の衆は、何より地価見直しを望んどる。それをなしにして分県はありえへん」

中山は首を横に振った。

「いや、地価の方にこだわりすぎると、虻蜂《あぶはち》取らずになるぞ。どっちが手堅いかゆうたら、分県の方やろ」

税所の言った通り、地価見直しの請願は一ヶ所でも認めたら大変なことになる。だが分県の請願件数は限られており、すでに独立が認められた県もある。

「それに考えてみい。今、このお屋敷に入れてもらえたんは、たまたまやで。たまたま、ここが前に松山藩邸で、松山の人たちがおって、勤三が愛媛県庁に勤めてたからや。こないな偶然、あらへんで。この幸運を逃《のが》したらあかん」

なおも恒岡は反対した。

「せやからこそ地価の見直しや。ここは大蔵大臣のお屋敷なんやで。この幸運を生かして、まずは地価の見直しを押すのが筋や」

「それは、もちろんや。けど最初に言うたやろ。もしも松方さまの態度が、どうにもならんほど強硬やった時の話や」

それから中山は勤三に顔を向けた。

「今村は、どう思う?」

とっさに返事ができなかった。もともと勤三は分県に力を注いできた。地価の見直しは故郷を去ってから出てきた話で、勤三自身には切実な思いはない。

中山は、そこまで読んだ上で意見を求めているに違いない。その思惑に乗っかるのは、恒岡の手前、やや抵抗があった。

そのため少し考えながら答えた。

「地価の見直しを断られたら、はい、そうですか、ほんなら分県をてゆうても、そうそう話が通るやろか」

すると中山は自信満々で言う。

「その辺は、うまく話をもってく。それに地価見直しは、県として独立してからでも遅うない。むしろ奈良県こぞっての要望という形の方が、推し進めやすいやろ」

この話は、中山が今この場で思いついたことではないと、勤三は気づいた。前々から考えてはいたものの、それを口に出すと、かならず恒岡が反対する。だからこそ土壇場になって打ち明けたに違いない。

小声で話を続けている最中に、さっきの家令が現れた。

「旦那さまがお帰りになりました。まもなく、こちらにお出でになります」

三人は話を止めて、それぞれ居ずまいを正した。

「旦那さまのお出ましです」

まるで大名の登場のようだったが、三人は両手を前について深々と頭を下げて迎えた。

上座《かみざ》で衣擦《きぬず》れの音がして、太い声が響いた。

「顔を上げよ」

言われたとおりに上半身を起こすと、五十がらみで、いかにも精力的な印象の男が上座に座っていた。それが松方正義だった。

帰宅して早々に着替えたらしく、和服姿で、三人の顔を見すえた。

「愛媛県庁の者というのは誰だ？」

とがめ立てでもされそうだったが、勤三は名乗り出た。

「私です」

「県庁で何をしている？」

「讃岐のこんぴらさんに、民間資金で鉄道を通す計画を進めてきました」

「ほお、私営鉄道か」

松方は意外にも好意的な態度だった。

「松山の話を聞いて、うちの者たちが、しきりに懐かしがっておる。だが何故に愛媛県庁の者が、大和に関わるのだ？」

「二年前までは大和で暮らしておりましたし、上京するに当っては、県庁に辞表を出してまいりました」

「辞表を？」

「はい。この請願に命をかけるつもりで参りましたので」

「そうか」

松方は煙草盆《たばこぼん》を引き寄せて、刻み煙草を煙管に詰め始めた。

すると中山が口を開いた。

「今日は、地価の見直しのお願いにまいりました」

松方は刻み煙草を詰め終えて、あっさりと言った。

「その方《ほう》らの請願書には目を通した」

「なんとか、お聞き届けいただけませんか。大阪府の中で、大和の地価だけが下がりませんでした。私どもは分県の請願も、前々から内務省の方に出しておます。それは、いつも大和が割を食うからです」

「分県のことは管轄外ゆえ、あずかり知らぬが、地価も大隈重信どのが大蔵卿の時に決められたことだ。あだやおろそかに手は加えられん」

そして煙草盆から舶来物のマッチを手に取って、煙管に火をつけた。

すると恒岡が、もう一歩踏み込んだ。

「もしかして地価のことは、大隈さまが大和だけを見落とされたんとは違うでしょうか」

だが松方は煙管をふかすばかりで、話には乗ってこない。恒岡は粘り強く迫った。

「大隈さまの決めはったことに、もし落ち度がおありでしたら、どうか今いちど見直しを、お願い致します」

松方は灰落としの角に、煙管の首を音を立てて打ちつけた。そして忌々しそうに言った。

「分県も地価も、わしのあずかり知らぬことだと申したであろう。とにかく見直しはできぬ」

だが恒岡は、なおも引かず、興奮気味に言い放った。

「大蔵大臣が地価の問題をあずかり知らんとは、聞き捨てならんお言葉。前任者がどなたであれ、これは松方大臣が責任を持つべき事柄とは違いまっか」

すると、いきなり怒声が飛んできた。

「無礼者ッ」

同時に松方は、かたわらの煙草盆を片手でつかみ、恒岡に向かって力いっぱい投げつけた。すんでのところで恒岡は身をかわしたが、煙草盆は音を立てて畳の上に落ち、中身が派手に散らばった。

もうもうと灰が立ち上る。さっきの火がまだくすぶっており、勤三と中山が同時に飛びついてたたき消した。

灰煙を通して、恒岡が顔面蒼白になっているのが見えた。上座の松方は不愉快そうに顔をそむけている。

中山がその場に両手をついて、はいつくばった。

「どうか、ご容赦ください。私どもは田舎から出てきまして、口の利き方も知りませんさかいに、失礼もありましょう」

深々と頭を下げたままで言う。

「けど、こうして大臣のお怒りを買うて、何もかも退《しりぞ》けられてしもうたら、私らは生きて故郷には帰れません。もし地価の見直しが無理やったら、それに代わる何かの形をもって、私たちに故郷の土を踏ませて頂きとうおます」

勤三は背後で聞いていて、これが中山の言った「うまく話を持っていく」策だと気づいた。あからさまに分県と口にしなくても、「それに代わる何か」と言えば話は通じるし、即座に断られる恐れもない。

しかし、なおも松方はこちらを向かない。思い切って勤三が口を開いた。

「近年、何かの建白書を携えて、役所の門前で、みずから腹を切った者がいたと聞いたことがおます。命をかけて訴えを公にしたのでしょう」

幕末までは、放蕩者の主人などを諌《いさ》める場合に、重臣が腹を切って、ことの重大さを諭すという究極の方法があった。明治維新後も国の政策に反対の意志を示すために、命をかける事件が起きていた。

勤三は、それを引き合いに出して言った。

「この度のことが行き詰まったら、私は新聞社宛に書状を認《したた》めて投函し、それから腹を切ろうと決めて参りました」

それは勤三が用意してきた最終手段だった。笹野に帰れないかもしれないと伝えたのも、愛媛県庁に辞表を提出したのも、ひとえにこのためだった。刀やピストルで囲まれることを想定していただけではなく、積極的に命をかけて、志を通す覚悟だったのだ。

恒岡と中山にも初耳の話で、ふたりとも驚嘆して言葉もない。勤三は松方に向かって、もうひと押しした。

「お堀端を血で汚《けが》すのは恐れ多くもありますが、この腹は、千鳥ヶ淵で切ろうと考えております」

千鳥ヶ淵と言えば、当然、山県邸の門前を意味する。

もし松方邸の門前で腹を切ると言えば、「勝手にしろ」と、はねつけられるに決まっている。自邸ではなく大臣仲間の門前で切ると言う方が、はるかに効果的なはずだった。

そして上着を軽くめくって、ベルトに通した懐剣を、一瞬、見せつけた。

「そのために先祖伝来の懐剣を、こうして携えてまいりました」

勤三は松方の返事を待った。ここまで来て、なお拒まれたら、後は実際に腹を切るだけだった。

さすがに松方は顔色を変えていたが、天井を見上げて溜息をつくと、中山に向かって言った。

「地価の件は、どうにもできぬが、何か、その方らの土産《みやげ》をこしらえよう」

帰りがけに、中山は目を輝かせて勤三の腕をつかんだ。

「聞いたか。土産やぞ。土産。分県のことや」

恒岡は今ひとつ不満そうだが、中山はかまわずに言い立てる。

「それにしても驚いたで。おまえが懐剣まで持ってきてたとはな。あの脅しは効いたな。松方さまの態度が変わりおった。勤三は、わしも顔負けの策士やな」

　勤三は歩きながら答えた。

「あれは脅しとちゃいますよ。明日にでも何か言うて来んかったら、わしは新聞社に手紙を書くつもりやし」

「待て待て。早まるな」

　恒岡も慌てて止める。

「いつも言うけどな、おまえは家族のことを考えなさすぎや。残される女房子供の身にもなってみい」

「それも考えて、翁に委任状を渡してきました。田畑を買い戻して、暮らしが立ちゆくようにして欲しいて、よう頼んできてます」

「委任状？　そないなものまで用意してたんか」

　恒岡も中山も、いよいよ慌てた。

「あかん。あかんで。早まったらあかん」

　勤三は笑って答えた。

「けど中山さんかて言うたやないですか。何もかも退けられたら、生きて故郷には帰られへんて。あれは本気やなかったんですか」

　すると中山はむっとした。

「本気や。手ぶらやったら帰られへん。けど松方大臣は言うてはったやないか。土産をこしらえるて。あそこまで言うて、何もなしはあらへんで」

三人三様の思いを抱いて、神田今川小路の宿で夜を過ごした。

翌朝、勤三が新聞社に送る訴状の書き方を考えていると、思いがけないことに、昨日の家令が人力車で現れた。

「お迎えに参りました。これから伊藤さまのお屋敷にご案内します」

中山が半信半疑という顔で聞いた。

「伊藤さまとは、総理大臣の伊藤博文さまでっか」

「さようでございます。当方の旦那さまは、先に行っておいでです」

恒岡が満面の笑みで、勤三の背中を何度もたたいた。

「助かったァ。これで、おまえの葬式を出さんですむわ」

勤三は首を横に振った。

「まだ、わからんで。行ってみんと」

さらに恒岡に耳打ちした。

「なんせ相手は長州人やし」

山県有朋のみならず、伊藤博文も長州出身だ。ただ、さすがに政府の最高責任者と会うと思うと、身の引き締まる思いがする。

宿から出ると、そこには四台の人力車が並んでいた。家令と勤三たちがそれぞれに乗り込み、着いた先は新橋ステーションだった。

そこから品川ステーションまで列車に乗るという。三人だけなら歩くところだが、車代も列車の運賃も、家令が支払ってくれた。あまりの厚遇に、三人とも狐《きつね》につままれたような気がした。

伊藤博文の屋敷は、品川ステーションからほど近い御殿山《ごてんやま》にあった。やはり元大名屋敷らしい広大な敷地で、門の近くに洋館があり、靴のままで中に通された。

そこは見たこともないほど、きらびやかな空間だった。大阪で洋館や洋室を見慣れている勤三たちも、その豪華さには息を呑むばかりだ。

いかにも手触りのよさそうなソファがゆったりと配置され、天井からはきらめくシャンデリアが下がっている。木製の家具は重厚で、取手の金具ひとつひとつに凝った装飾が施されている。

松方家の家令と並んで立ったまま待っていると、三人の男たちが現れた。ひとりが松方正義、もうひとりは山県有朋で、三人目が伊藤博文に違いなかった。

一国の総理ともなれば、威風堂々たる体軀《たいく》を想像していたが、太閤秀吉を思わせる小男だった。それでも並外れた存在感を放っている。

伊藤に従って、松方も山県もソファに腰かける。家令がうやうやしく紹介した。

「この三名が、大和から参りました奈良分県の請願の者たちです」

勤三は背筋を伸ばしてから、ほかのふたりとともに深く頭を下げた。

松方が重々しい口調で言う。

「昨日の件、伊藤閣下から思《おぼ》し召《め》しがある」

勤三は、どんな言葉が飛び出すのか、かたずをのんで待ち受けた。自分の鼓動が耳の奥で聞こえる。

伊藤は、深々と座っていた背もたれから上半身を起こし、はっきりと言った。

「大阪府から奈良県を分県させる」

三人が同時に息を呑み、次の瞬間、揃って頭を下げた。

「ありがとう存じますッ」

山県が勤三に気づいた。

「たしか君は、うちに来たことがあるね」

勤三は緊張を解かず答えた。

「四年前に分県のお願いで、うかがいました」

山県は苦笑しながら、伊藤に顔を向けた。

「この男はうちに十回も来たんで、根負けして会ったんですよ」

「いえ、七回です。七回目に会っていただけました」

「七回だったかね。とにかく、これは会うまで、しつこく来続けるなと思って、仕方なく会ったのだ」

笑いが起き、伊藤が笑顔で言った。

「大臣を根負けさせるほど、頑張った甲斐があったな」

さらに山県が冗談めかして言う。

「そのうえ、うちの前で腹など切られては、たまらんからな」

また笑いが起き、松方が肩をすくめた。

「これで土産もできたし、その方らも国元に帰れよう」

中山が珍しく直立不動になって言った。

「ほんまに、ええ土産をこしらえて頂き、ありがとうございましたッ」

恒岡が遠慮がちに聞いた。

「ひとつ、山県大臣にお聞きしたいことがおます」

「なんだ?」

「県知事さまの任命ですけど、こちらから希望を出さして頂けますか」

「誰か頼みたい者がおるのか」

「できれば、元老院の税所篤さまに」

それは前から三人で話していたことだった。

「もう話はついておるのか」

「いいえ、何も。分県を認めて頂けるかどうかも、わかりませんでしたし」

「ならば、頼みに行くがよい。やつが引き受けると申すのなら、やらせよう」

「ありがとうございますッ」

それからも三人は何度も頭を下げながら、後ずさりで部屋から退出した。

玄関を経て屋敷門を出るなり、中山が飛び跳ねるような足取りに変わった。

「やったでッ。奈良県やッ。正真正銘の奈良県の独立やッ」

叫びながら、どんどん御殿山の坂道を駆け下りていく。だが勤三と恒岡がついてこないことに気づいて、ふいに足を止め、振り返ってふたりの顔を見比べた。

「おまえら、なんや。なんで、もっと喜ばんのや」

大股で坂道を戻ってきて、恒岡に詰め寄った。

「地価見直しの件、まだ不満かッ」

恒岡が慌てて首を横に振る。

「いや、それは、もう」

「ほんなら、なんで喜ばん？」

「喜んでるよ。これでも喜んでるんやけど」

しどろもどろになっている。勤三が代わりに言った。

「わしもそうなんやけど、喜ぶゆうより、ほっとしたゆう感じとちゃいますか」

すぐに恒岡が同調する。

「せやせや、ほっとしたんや。勤三も腹を切らずにすんだし」

勤三は少し首を傾げた。

「腹を切らんですんだんは、たしかにありがたいけど、とにかく、えらい苦労したさかいに、なんや、あっけのう決まってしもうて、実感が湧かんゆうか」

中山が聞えよがしに舌打ちした。

「まったく、そういう小賢《こざか》しいことを言うとこが、わしが今村勤三を気に入らん理由や」

勤三はむっとして、思わず乱暴な口調で言い返した。

「なんやてえ？　小賢しい？」

「あっけなく決まって何が悪い？　わしが代表に入って、手柄を立てたのが気に入らんのか」

「そないなことは言うとらんわい」

喧嘩腰になりかけたのを、恒岡が割って入った。

「待て待て。せっかく奈良県が独立できたのに、仲間割れして何になる？」

勤三は、それもそうだと思い直して口を閉ざした。中山も黙ったまま、また早足で坂を下っていく。

坂下に行き着く前に、勤三が中山の背中に向かって、大声で言った。

「中山さんの手柄は認めるで。あの話の持っていき方は見事やった。わしらには真似できん」

すると中山は足を止め、振り返ってニヤッと笑った。

その足で税所篤の屋敷におもむき、また中山が熱弁をふるった。

「堺県が大阪府に取り込まれた時、大和を独立させへんかったんは、税所さまの責任でっさかいに、どうか初代奈良県知事を、お引き受けください」

税所は苦笑した。

「わかった。任命を頂いたら、ありがたく受けもんそ。奈良県のために力を尽くす」

何もかもうまくいき、翌朝、神田今川小路の宿を出て、帰路についた。

大阪港で勤三はふたりと別れ、松山に向かう船に乗り換えることにした。だが波止場での別れ際まで、くどいほど恒岡が言う。

「いっしょに大和に帰らんか。ちょっとでも顔を出してから、松山に帰っても遅うないやろ。せっかくの凱旋《がいせん》やし」

中山も勧めた。

「おまえが帰らんかったら、何もかも、わしらふたりだけの手柄にしてまうで」

勤三は笑って答えた。

「ええですよ。わしに反感を持っとる者は、まだまだいてるやろし。わしが顔を出したら、地価見直しがうまくいかんかったことを、あれこれ言われそうやし」

中山が口をとがらせた。

「文句ゆうやつは、わしが黙らせたるて」

勤三は海に顔を向けた。

「とにかく松山に帰ります。女房も待っとるし」

「そうか」

中山が残念そうに言い、恒岡は勤三の腕をつかんだ。

「けど、いつかは帰ってこいよ。おまえは大和の男やし、息子たちも大和の男として育てたいやろ」

腕をつかむ手に、いっそう力を込めた。

「かならず帰ってこいよ。おまえは奈良県独立を果たしたんやから。胸を張って帰ってこい。ええな？」

喉元に熱いものが込み上げる。涙をごまかすために茶化して言った。

「まだ帰れん。退職金と見舞金をもらいそこねて、田んぼ買い戻す金が足らんし」

恒岡も中山も笑った。そして恒岡が目を赤くして言う。

「蓊に預けた委任状が無駄になって、ほんまによかったな。次は委任状やのうて、おまえ自身が田んぼを買い戻しに来いよ」

勤三はうなずいた。本当は帰りたい。今すぐ安堵村に。そう思ったとたんに涙がこぼれた。

中山も泣き笑いの顔になって、勤三の脇腹を小突いた。

「奈良県独立は今村勤三の手柄や。やっぱり、おまえがいちばんの功労者やで」

勤三は首を横に振った。

「いや、みんなで勝ち取ったんや」

以前の署名活動が、すぐさま効果をもたらしたわけではない。でも名前を書いてくれたひとりひとりの思いが、今度の成功につながったのは疑いない。

中山が洟《はな》をすすった。

「早う帰ってこい。かならず大和は、おまえを温かく迎えるさかいに」

ふたりの言葉は、伊藤博文の決定を聞いた時よりも嬉しく、深く心に響いた。


松山の家の玄関を開けて、勤三は奥に声をかけた。

「今、帰ったで」

靴を脱ごうとした時、小走りの足音が近づいてきて、廊下に笹野が現れた。だが勢い余って足袋《たび》が滑り、よろけそうになる。

勤三は瞬時に土間から駆け上がり、身重の妻を抱きとめた。

「こんな腹で走るな。転んだら、えらいことやないか」

もう臨月だった。

笹野は勤三の腕にすがって言った。

「よう帰ってきてくれはりました。ご無事で、よう帰ってきてくれはって」

たちまち目に涙がたまる。勤三は照れて言った。

「なんとか帰ってこられた。奈良県の独立も認められた」

「ほんまですかッ」

「ほんまや。何もかも、うまくいった」

笹野は夫の両腕をつかんで揺すった。

「ほんまですか、ほんまですか、よかった、ほんまによかった」

「喜んでくれるんか」

「当たり前やないですか。あんたの何よりの志でっしゃろ」

奈良県独立は勤三の道楽だと、今でも妻には思われているような気がしてならなかった。だが、やはり理解してもらえていたのだと実感できた。

廊下から座敷に向かうと、いちばん下で満五歳の和男《にぎお》が、廊下の端の柱から顔だけ出して、こちらの様子をうかがっている。

目が合うと、慌てて引っ込んだ。いつも留守がちの父親には、なかなかなつかない。それでも顔だけ出していた様子が、いかにも可愛らしかった。

家で落ち着く間もなく、すぐに役所に出向いた。知事の藤村紫朗に分県の達成と、無事に帰ったことを報告して、喜んでもらえた。

「これからも愛媛県のために働いてくれ。奈良県独立のために頑張ったのと同じように」

それから勤三は自分の事務机に向かい、滞った仕事を片端から手をつけて、夜遅くなってから帰宅した。

玄関を開けるなり、女学校に通っている三人の娘たちも、小学生の次男も全員が飛び出してきた。両手を前について声を揃える。

「お父さん、おかえりなさい」

笹野が言った。

「もう遅いし、先に寝なさいて言うたんですけど、起きて待ってるて聞かんのですよ」

「そうか」

こんな父親でも、待っていてもらえたのかと、心に暖かいものが満ちていく。

「今朝、帰ってきた」

改めてそう言いながら、無事に帰ってこられてよかったと、目頭が熱くなった。

8　法隆寺から

「法隆寺、法隆寺、次は法隆寺駅に停車します」

車掌が告げながら、車両の端から端へと移動していく。

富本憲吉は長く座り続けて肩が凝り、少し背筋を伸ばしてから、ずれた銀縁眼鏡を指先で持ち上げた。

向かいの席の今村勤三は、白髪頭を傾げて、車窓の外をのぞき見ている。

「もう法隆寺か。昔話をしとると、えらい早いな」

やはり背筋を伸ばして言う。

「それにしても切りのええとこで、ちょうど着いたもんや」

「まだ話は終わりやないでしょう。それから、どないしたんですか」

憲吉はそう聞きながら立ち上がり、麻の上着を網棚から下ろした。そして揺れる床に足を踏ん張って、両方の袖を通した。

勤三はステッキを手に、まだ椅子に腰掛けている。

「それから税所さんを初代知事に迎えて、奈良県が再生したんや。県庁は中山さんの案で、興福寺の空いてた建物を使うた」

興福寺の境内は奈良公園へと姿を変えたが、さらに県庁として使うことで、建物再生の機会にしたかったという。

「わしは松山に行きっぱなしやったけど、県議会を開く時に、どうしても帰ってこいて言われて、県議会議長を引き受けたんや」

「そしたら家族も、安堵村に帰らはったんですか」

「いや、まだや。松山に置いたままで、わしは議会のときだけ奈良に行って、また四国に戻って讃岐鉄道の仕事をして、の繰り返しやった。いよいよ家は留守ばっかりや」

「よう頑張らはりましたね」

「ほんまに自分でも、ようやったと思うで」

「いや、笹野おばちゃんが」

「ああ、女房か。ほんまにな。四男坊の荒男が生まれたんは、奈良県が正式に独立した前の月や。丈夫な赤ん坊やったけど、それが大人になって肺病になろうとは、夢にも思わんかったな」

少し眉を曇らせてから、また明るい口調に戻った。

「こうして、おまえと見舞いに行って昔話をしようとは、なおさら思わへんかったけどな」

列車が法隆寺駅に近づいて、速度を落としていく。

勤三が先に立ってデッキに出ていき、憲吉は後を追いながら聞いた。

「愛媛県庁の方は、いつまで続けたんですか」

「讃岐鉄道ができる時に、どうしても手伝ってくれて言われて、役人は辞めた。その時、家族も四国の西の松山から、東の丸亀に引っ越したんや。丸亀にも線路を伸ばすし、丸亀の方が大阪に近いしな」

列車が停止し、開け放ったドアから、ふたりでプラットホームに降りた。ホームを歩きながら、なおも勤三が話を続ける。

「けど行き来が楽になったら、今度は新聞や。前から作りたかった大和の地方新聞社を立ち上げて、奈良と丸亀を行ったり来たりや。自分でも阿呆やないかて思うほど働いたけど、大和の心のより所を作りたかったんや」

ホームから改札口を出て、駅前広場を見渡した。いつもは人力車が客待ちをしているが、ちょうど出払っていた。駅で頼めば、下働きの小僧が車屋まで呼びに走ってくれる。だが勤三は、ステッキで安堵村の方向を示した。

「天気もええし、村まで歩こか」

安堵村までは一キロ半ほどだ。まだ話し足りないのだなと気づいて、憲吉は笑顔で答えた。

「ええですよ。歩きましょ」

法隆寺の門前町を過ぎると、秋晴れの午後の日差しを浴びて、どこまでも稲刈り前の田園が続いていた。

「ええな、やっぱり大和は。この風景こそが大和やで」

憲吉は肩を並べて話を促した。

「それで、その後、どうしはったんです？」

「結局な、議長は性に合わんかった。わしは自分で突っ走るのが得意で、人の意見の取りまとめには向かんのや」

議長は一年足らずで辞めてしまったという。

「その代わり、讃岐が香川県として愛媛県から独立できたし、四国での仕事の方がうまく進んだんで、もう一生、四国で暮らそかとまで思うたくらいや」

「でも、帰ってきはったんですよね」

「そうや。議長を辞めた翌年の八月のことやった。また大雨が続いて、今度は十津川郷で大洪水が起きた。わしは自分の新聞に記事を書こう思て、山奥まで取材に行ってみたんや。それは凄まじい、ほんまに未曾有《みぞう》の大災害やった」

山崩れが千ヶ所も起きて、集落が土砂に埋まっていた。土砂で水がせき止められて、谷あいの水位が急上昇し、残っていた集落も次々と濁流に呑み込まれた。さらに水位が上がって、せき止めていた土砂が水圧で決壊すると、今度は下流の集落が怒濤《どとう》に襲われた。

大規模な山崩れのために、生活を支えてきた林業にも壊滅的な被害が及んでいた。いったん崩れた斜面が、もとの林に戻るには数十年かかる。

「もう復興する気力ものうなって、北海道に移住するゆう衆が現れた。それが、わしには気の毒でな。故郷を捨てるのは他人事やなかったし、何かしてやりたかったけど、県も国も、どうにも動かへんかった」

その時、すでに大日本帝国憲法が発布されており、翌年には初めての国政選挙と帝国議会開催が予定されていた。

「それで奈良県から選挙に出よう思うて、讃岐鉄道を辞めて、初めて家族で安堵村に帰ってきたんや。田んぼも大分、買い戻せたし。その時は嬉しかったで」

選挙の結果は、みごと当選だった。

「それからは代議士として、奈良県のために骨身を惜しまず働いた。けど、これも長くは続かへんかった」

「なんでですか」

「二度目の総選挙が一年半後にあったんやけど、その時、対立候補から嫌《いや》というほど攻撃された。選挙の直前には、今村は死んだゆう噂まで流されて落選や。もう、ほとほと嫌になって、政治の世界から足を洗うた」

それからは新聞に続く夢だった地元の鉄道に取り組んだという。

「さっき、わしらが乗ってきた路線は、もう大阪から奈良駅まで開通しとったけど、わしは京都と奈良を結びたかった。それで奈良鉄道を立ち上げたんや」

京都から南下して奈良駅を通り、さらに盆地を南へと縦断して、山際に近い桜井まで線路を通した。

「おまえや荒男が郡山中学に入ったんは、奈良鉄道ができて六年も経ってて、上り調子やった頃や。せやから、わしの苦労は知らんやろ」

「そうですね」

憲吉は記憶をたどった。

「ただ、僕らが郡山中学の四年生くらいの時に、おっちゃんが郡山紡績の社長になるて聞いて、うちの祖母さんが、えらい呆れてましたで」

「ノトさんはなァ、なんでもズケズケ言うし。五十も過ぎた鉄道屋が、なんで左前《ひだりまえ》の紡績屋なんか引き受けるんやて、さんざん叱られたで」

郡山紡績は奈良鉄道と同時期に開業したが、業績が振るわなかった。そのために実業家としての手腕が期待されて、勘三に社長の座がまわってきたのだった。

それも軌道に載せ、五十代後半からは順風満帆となった。

そうしているうちに石田家から縁談の申し入れがあった。すでに石田英吉は亡くなっていたが、それが生前の遺言だったという。かつて蒸気船の甲板から叫んだ約束を、気にかけてくれていたのだ。

すでに石田家は男爵であり、縁談を結ぶのは恐れ多い思いがした。それでも石田英吉の遺志を受け入れて、孫娘であるハルを、荒男の嫁として迎えたのだった。

話をしているうちに、いつしか大和川支流の橋を越え、夕暮れ前には安堵村に入った。

「おっちゃんの話、えらい面白かったですわ。そんな苦労しはったて知らんかったし。苦労せえへんで楽はでけへんのやな」

「少しは役に立ったか」

「まあ、役に立てるかどうかは、僕しだいですやろ」

「ようわかっとるやないか」

憲吉は、もういちど記憶をたどった。

「僕が美術の道を選んだんは、おっちゃんが郡山紡績を始めて、ちょっとしてからでした」

「そやったな。それまでのおまえはふらふらしおって、ノトさんがえらい気をもんどったで」

「ほんまに祖母さんには、今も苦労かけてます」

いつしか富本家の門前に着いていた。

「今日はおおきに。おっちゃんに誘ってもらわんかったら、いつまでも荒男の見舞いには行かんかったと思います」

憲吉は門の中を示した。

「そのうち僕の作品を見に来てください。おっちゃんの意見も聞きたいし」

勘三は笑顔で片手を上げて、ステッキをつきながら、悠々と自分の屋敷に帰っていった。

翌早朝、ノトが憲吉を起こしにきた。

「今村の勘三さんが来てるで。あんたの作品、見るゆう約束したて」

ノトは「新しい女」である一枝と反りが合わず、普段は起こしになど来ない。

憲吉は目をこすりながら答えた。

「約束て、そのうち見に来てくれて、僕は言うたんやで」

「あの人のそのうちは、明日の朝ゆう意味なんや」

憲吉が欠伸《あくび》をしつつ、下駄をつっかけて外に出ると、前庭に着流し姿の勤三が立っていた。

「おっちゃん、えらい早いな。そのうちて言うた気がするんやけど」

「いや、早い方がええ。わしも六十七で、いつポックリ逝くかもわからんし。とにかく作品、見せてもらおか」

嫌も応もなく案内させられた。

「裏の畑を少しつぶして窯を作りましたんや。作品は倉に置いてあります」

倉の鉄扉を開けると、勤三が中をのぞき見て歓声を上げた。

「えらいハイカラやな」

「土間やから、靴のまま入ってください」

かつて倉の中に納められていたものは、すっかり整理して、ガランとした空間の中央に、ろくろを据えてある。

小さな窓からは、薄暗い中に陽光が斜めに差し込む。内壁には何段もの飾り棚を設け、そこに焼物の作品を並べてある。

奥の壁際にはソファが置いてある。そこに座って作品を見まわし、空間の落ち着いた雰囲気を味わい、鉄扉の外の明るい緑を眺める仕掛けだ。

勤三はさっそく棚の作品を、まじまじと見始めた。ひとつずつ見ていき、白磁の壺の前で立ち止まった。

「やっぱり、これがええ。丸い形の品がええし、洗練ゆう表現がぴったりや。ほんまに、おまえに似合いやないか」

憲吉は隣に立って溜息をついた。

「世の中の焼物を買うてくれる人が、みんな、おっちゃんみたいやったら嬉しいんやけど。そうそう目のある人ばっかりとは違うし」

また勤三は棚の上を順番に見ていき、手びねりの楽焼の前でも足を止めた。

「この辺のが、リーチさんゆうイギリス人の真似て言われるやつか」

「まあ、正面切って真似て言われたことはないけど、陰でこそこそ言うてるのが耳に入ったんですわ。せやから、その人たちだけが、そう思うてるのかもしれません」

「そうか」

すると勤三は単衣の着物の懐《ふところ》を探った。そして革表紙の小さな手帳を取り出し、表紙の裏側から、小さく折りたたんだ紙片を取り出した。

「これが伴林先生が窓から投げていかはった紙片や」

折り目や端が擦り切れている。

「いつも持ってはるんですか」

「もう五十年以上、持ち歩いとるさかいに、ボロボロやけどな」

あらかた消し炭の文字は消えており、黒い汚れのようにしか見えなかった。

「これが勤ゆう字や。ここに大和の誇り忘れるべからずて書いてあった。わしはつらいことがあると、これを開いて励みにしてきたんや」

「これ、荒男にも見せたことあるんですか」

「もちろんや。大和の誇りを忘れずに生きろて、荒男にも教えたつもりや」

憲吉は、あいつの頑張りはそこから来ているのかと、初めて気づいた。

「僕らが郡山中学に入ったんは十三の時やったけど、おっちゃんは同じ歳で、そんな思いしてはったんですな」

「昔は数え年やったから、おまえらの方が一歳上やろ」

「そうゆうたら、そうですね。けど僕らの方が、ずっと子供だった気がします」

勤三は棚の端まで歩いていくと、また白磁の壺に戻った。

「わしは、この形が好きや。やっぱり、これに何か描いたらええと思うで」

そして開け放った鉄扉から、外に目を向けた。

「大和には美しいもんが、ぎょうさんあるやろ。お寺でも森でも花でも。そないなもんをていねいに描いてみたらええやないか」

憲吉は左利きの矯正の影響で、いまだに繊細な絵には自信がない。答えられないでいると、勤三は奥まで歩いていって、どっかりとソファに腰を下ろした。

「なあ、憲吉、おまえの話も聞かせてくれんか。昨日、わしは長々と自分の自慢話をしたけど、実は話してるうちに、いろいろ発見があったんや。あの時、中山さんは、あんな風に考えてたんやなとか、あの時は、わしが頑固すぎたんやなとか」

ソファの背もたれに片肘を載せた。

「おまえが郡山中学に入ってから、ここに来るまでを話してみい。新しい発見があるかもしれんで」

憲吉は、ろくろの前にあった小さな木製の椅子をソファと向き合わせに置いて、ひょいと腰かけた。

「僕は、おっちゃんの言う通り、ええかっこしいやし、苦労話なんか今まで人に聞かせたことはないんです。けど、おっちゃんになら話してもええかなて、実は昨日、思うたんですわ」

「おお、ええやないか。話せ、話せ」

憲吉は郡山中学当時の記憶を呼び起こした。

「中学に入ってみると、みんな、えらい遠くから通ってきてましたんや」

もともと郡山は大和では少ない大名領で、立派な城があった。郡山中学はその城跡を利用して、憲吉の入学の六年前に開校したが、大和で唯一の中学校だったために、生徒たちは広範囲から通ってきていた。誰もが村一番の秀才だった。

「あの頃、おっちゃんは奈良鉄道の社長をしてはったから、奈良の町中に家があって、荒男は奈良から郡山まで汽車で通ってましたやろ」

「そうやったな」

「僕は法隆寺駅から郡山駅まで汽車通学で、逆方向やったけど、同じ村の出なんは荒男だけやったし、僕は荒男のことを意識してたんです。正直ゆうたら、今も意識してます。それもあって見舞いに行くのは気が進まんかったんです」

憲吉は腰かけたままで足を組んだ。

「僕がええかっこしいになったんは、中学に入って最初の試験がきっかけでした」

試験が終わって、採点された解答用紙が返されることになり、ひとりひとり名前を呼ばれて、教壇の教官のもとに取りに行った。

「富本憲吉」

それは数学の答案で百点だった。嬉しいというよりも、意外に簡単だったし、満点を取った者も多いのだろうと思った。

その後、国語や歴史や英語も返されてきたが、それぞれ少し間違いがあった。

全教科の返却が終わるなり、教官が筒状に丸めた巻紙を掲げて見せた。

「全教科の上位十人の名前と点数を、今から廊下に貼り出す。次は自分も貼り出されるように、皆、励みにせえよ」

教官は巻紙を抱えて廊下に出ていった。

荒男が自分の解答用紙を手に、駆け寄ってきて小声で聞いた。

「憲吉、何点やった？」

憲吉は鞄にしまおうとしていた解答を、開いて見せた。いちばん上に数学が載っており、荒男は目を丸くした。

「百点やないか」

「おまえは？」

荒男は自分の解答用紙を胸元で隠し、小刻みに首を横に振る。

「百点やないのか」

いよいよ首を大きく振って聞き返した。

「憲吉、ほかの科目は？」

「ほかは、ちょぼちょぼや」

ほかの解答用紙も見せた。どれも九十五点以上だ。

その時、廊下から歓声が上がった。そして数人が教室に駆け戻ってきた。

「富本、すごいな。おまえ全教科、群を抜いて首席やで」

驚いて廊下に出ると、貼り出された紙の右端に「一位　富本憲吉」と墨書してある。その下の教科ごとの点数は、誰よりも高い。

特に数学は二位に十点以上の差がついていた。憲吉は幼い頃から算盤《そろばん》や和算《わさん》が好きで、入学前から算術塾に通っており、驚く反面、それも当然という気もした。

級友たちに憧憬のまなざしを向けられた。

「富本、ごっつう家で勉強したんやろ。勉強の仕方、教えてくれ」

憲吉は苦笑した。

「何にもしてへんよ。勉強の仕方なんて、僕もわからへん」

荒男も、うらやましそうに言う。

「おまえは勉強せんでも成績がようて、天才やな。男ぶりもええし」

当時から憲吉は、めりはりのある顔立ちで人目を引き、荒男は優しげな容貌だった。

以来、憲吉は世の中を甘く見た。ほとんど勉強しなかったところ、次の試験結果は三位になり、その次は六位、学年末には九位と、三の倍数ずつ落ちていき、それきり名前は貼り出されなくなった。

それでも焦りはしなかった。やる気になれば、すぐ挽回できると思い上がっていたのだ。

三年目に今村荒男の名前が十位に入った。憲吉は自分のことのように喜んだ。

「荒男、すごいやないか」

するど荒男は鼻の下を指先でこすって、照れくさそうに言った。

「貼り出されたかて十番やで」

「けど、初めてやないか」

「うん、ちょっとは頑張ったけどな」

荒男は次の試験で三位に躍り出て、その次からは不動の一位となった。入学当時は小柄だったのが、いつの間にか長身の憲吉と並ぶほどに背も伸びていた。

一方、憲吉は中の下くらいを、いつまでもうろついていた。ろくに勉強しなくても、そこから下へは落ちなかった。

その頃から、休日になると祖母のノトに小遣いをせびり、奈良鉄道に乗って京都に出かけた。憲吉は早くに父を亡くしており、ノトが家計を握っていた。

京都では舞妓《まいこ》の着物を眺めたり、神社仏閣の屛風《びょうぶ》や襖絵《ふすまえ》を見て歩いて、気ままに一日を過ごした。

自分も描いてみようという気になり、鉛筆やスケッチブックを持ち歩いては、襖絵の模写をしたり、風景や人物も描いた。だが描くのは好きなのに、自分で見ても上手ではなかった。やはり左利きだった影響に違いなかった。

しかし、たまたま荒男の家に遊びに行った時、スケッチブックに描き散らした絵を、勤三に見られた。

「これ、憲吉が描いたんか。ええ絵やな。味があるで。いっそ絵描きになったらどうや」

褒めてもらえたのは初めてだった。中学での美術の成績は、よくなかったのだ。

卒業が近づくにつれ、さすがに焦り始めた。なんとか勉強も頑張ったつもりだったが、いっこうに成績が上がらない。

成績上位の生徒たちは、京都の第三高等学校を目指して、猛烈に受験勉強を始めた。

京都に行くたびに三高の学生が格好よく見えて、自分も入りたいと望んだが、憲吉の成績では高等学校など夢のまた夢だった。

荒男も三高に進学すると誰もが思い込んでいたが、ある時、意外なことを言い出した。

「僕は鹿児島の七高を受験する」

七高は全国の高等学校の中でも新設校で、まして鹿児島のような遠方に行きたがる生徒は、ほかにいなかった。

「なんで鹿児島なんかに？」

憲吉の疑問に、荒男は笑顔で答えた。

「親父が遠くへ行ってみろて言うんや。遠くに行くと大和のよさがわかるんやて。それに奈良県の最初の知事さんが薩摩の出で、親父は薩摩びいきなんや」

「おっちゃんが勧めるのはええけど、おまえ自身は、どう思うてるんや」

「僕も遠くに行ってみるのも、ええかなと思うてる。僕は四男で甘えたやから、知らん土地で成長したいし。頑張って勉強して、大学の医科に進んで、医者になりたいんや。もともと今村の家は医者をしてたし」

憲吉は、すっかり水を開けられたと思い知った。荒男と比べて、わが身が情けなくてたまらなかった。それでいて悩んでいる姿など、誰にも見せたくなかった。

卒業を翌年に控えた頃だった。東大寺大仏殿の回廊で絵画展が開かれることを知った。主催は奈良県と日本美術院で、公募枠もあった。

憲吉は、これに賭けてみる気になった。勤三が「味がある」と褒めてくれたのが、忘れられなかったのだ。

そこで授業にも出ずに、毎日のように法隆寺に通って、壁画を一生懸命に模写した。だが精密な絵は無理で、やはり憲吉らしい素朴な模写になった。

そして誰にも相談せずに、絵画展に出品した。結果は入選という快挙で、今度は荒男が大喜びしてくれた。

「憲吉、すごいやないか。東京の美術界の大先生方に認められたんやで」

すると、とたんに美術の成績が上がった。そうして東京の美術学校を志望し、受験には見事に合格したのだ。

中学卒業の時に、荒男が言った。

「僕は七高で頑張って医者になる。おまえも東京で頑張って、すごい芸術家になれよ」

憲吉は荒男と対等になれたことが、とても嬉しかった。

美術学校で学科を決める際には、まだ数学だけは得意だったので、建築科を志望したところ、学内の選抜試験にも通った。

だが卒業が近づくにつれ、ふたたび先が見えなくなった。建築家としてやっていくには、まずは高名な建築家に弟子入りして修業しなければならない。自分の気ままな性格では、まず無理だった。

そんな矢先、荒男が急に東京に現れて、興奮気味に言った。

「憲吉、喜んでくれッ。東京帝大の医学部に合格できたんや。たった今、合格発表を見てきたとこや」

「ほんまかッ。おめでとうッ。おまえ、頑張ったんやな」

憲吉は祝いの言葉を口にしながらも、内心は焦っていた。医者として将来有望な友と比べると、またもや自分が情けなかった。

そこでまた逆転をねらって、故郷の祖母に訴えた。

「留学させてくれ。今が勝負どこや」

私費留学など聞いたこともない時代だったが、ノトは憲吉だけには甘い。

「前にな、勤三さんが言うてた。これからは土地なんか持ってても、どうなるか知れん。せやから子供には、ええ教育をさせるんやて。あんたも外国に行って、立派な芸術家になってくれるか」

憲吉は目を輝かせて、力強くうなずいた。

「なるッ。日本一の芸術家になったるッ」

するとノトは田畑を担保に、留学資金を捻出してくれた。

「けど二年だけやで。それ以上は富本の身上《しんしょう》が傾く。きっちり二年だけやで。それでもええな」

「わかった、かならず二年で、ものになって帰ってくる。祖母ちゃん、おおきに。恩に着るわ」

美術の世界ではパリが本場だが、憲吉は人並みのことはしたくなかったし、建築の勉強をするつもりでロンドンを選んだ。

だが渡英してみると、英語は通じないし、準備不足で入れる学校もない。とりあえず日本人留学生が集まる下宿に転がり込んだが、全員、官費留学生で、真面目に大学に通っている。仕方ないので建物を見て歩き、近くにあった美術館にも行ってみた。ヴィクトリア&アルバート・ミュージアムといって、そこがたまたま、世界に名だたる工芸品の収集館だった。展示品と配置の美しさに心奪われ、以来、日参して片端からデッサンした。郡山中学時代に京都に出かけたのと同じような気分だった。

ヴィクトリア&アルバート・ミュージアムには日本の工芸品も展示されており、その美しさに魅了された。安堵村の家にもありそうな見慣れた日用品だったが、ロンドンで目にして初めて、意匠や技巧が世界のトップレベルだと気づいた。

ジャポニスムの画家にも興味を持った。日本の浮世絵から影響を受けた作家たちだ。

西洋美術には興味を失ったが、何も学ばないで帰るわけにもいかない。とりあえずステンドグラスの作り方を習った。留学といっても語学学校すら入らず、学校らしきものに通ったのは、これだけだった。

そうしているうちに二年が過ぎて、ノトから帰国を促す手紙が届いた。無視していると送金が止まった。そのために仕方なく帰国したのだ。

それでも帰ってきてみれば、思いがけないほど洋行帰りの箔《はく》がついた。美術学校時代の仲間たちが、ヨーロッパの絵画や建築について、しきりに聞きたがった。だが、そういった方面には興味がなくなったとは言えず、困惑するばかりだった。

バーナード・リーチと出会ったのは、そんな頃だった。

「私は香港生まれの、日本育ちです」

細面に優しげな面差しで、上背のある上半身を折り、ていねいな日本語で挨拶する。ただ複雑な話になると、やはり英語の方が楽そうだった。

リーチ自身の話によると、長じてからはイギリスで銀行員として働いていた時期もあったという。だが日本の伝統工芸や民芸の美しさが忘れられず、イギリスで美術学校を出てから、日本に戻ってきたのだ。

憲吉は初めて話の合う仲間を見つけた思いがした。リーチと手びねりの楽焼を始めたのも、この頃だった。リーチは焼物に開眼して、たちまちのめり込んでいった。

一方、憲吉は雑誌の表紙絵を描いたり、版画を手がけたりしているうちに、日々が過ぎていった。

ただし暮らしていけるほどの収入にはならず、ステンドグラスの需要もない。鬱々《うつうつ》としている中、美術学校の教授の勧めで、大手の建設会社の仕事をしてみた。

すると大きな美術展の会場設営を任された。憲吉はリーチを仲間に引き入れて、西洋的な快適性と、日本的な美しさを併せ持つ会場づくりを目指した。

ところが主催者側を説得できなかったり、出品者からも注文がついたりと、調整は困難を極め、憲吉は心身ともに疲れ切ってしまった。

何もかも嫌になって放り出したくなった時、吐き気と下痢が止まらなくなった。かかりつけの医者もおらず、困り切って荒男に連絡した。

すぐに荒男は駆けつけて診察し、険しい顔で言った。

「これは腸チフスかもしれんぞ」

帝大病院が一杯だったために、赤十字病院を手配してくれた。専門医の診断は、やはり腸チフスだった。

入院は半月にも及び、その間、荒男は何度も見舞ってくれた。憲吉は遠慮して言った。

「来てくれるのは嬉しいけどな、おまえに伝染《うつ》ったら困るし、もう来んでええ」

すると荒男は笑って答えた。

「病気を怖がってたら医者はやれん。それより僕は決めたで。これからは伝染病の研究に進むことにする」

「伝染病？　本気か？」

「本気や。前から考えとったけど、今回、おまえが腸チフスにかかったんも、何かの縁やと思うし」

またもや憲吉は打ちのめされた。荒男の前向きな姿勢と比べて、自分は何もかも放り出したくなっていたのだ。

退院してから荒男に礼を言いに行った。

「おかげで元気になった。おおきに」

「ちょっと遅れたけど、美術展の設営には間に合うやろ」

だが憲吉は首を横に振った。

「あの仕事には戻らん。建築の仕事も辞めて、田舎に帰る」

「安堵村に？　なんでや。せっかくイギリスまで行ったのに」

「そんなん、どうでもええ。とにかく田舎で、いろんなものを気ままに作りたい。もう東京は嫌や」

　初めて弱みを見せた。

　荒男は驚いて引き止めたものの、最後は理解してくれた。

「おまえの仕事は、僕みたいに真面目にやっとったらええのとは違うんやろな。おまえの思う通りにしたらええ」

　そして優しい笑顔で言い添えた。

「けど僕は信じとるよ。富本憲吉は日本一の芸術家になるて。おまえは天才やし、いつかは東京に戻ってきて勝負するはずや」

　憲吉は泣きたくなった。友の純粋な期待に応える自信もなく、目を伏せたままで別れた。もう張り合う気さえ失っていた。

　安堵村に帰り、地主としての収入をもとに、気ままに暮らし始めた。それを精神的放浪生活と称した。

　一枝が田舎に馴染むのには、それなりの苦労があったが、憲吉はかばい通した。

　倉の中を整理して、夫婦の工房にした。しだいに作品も売れるようになってきたが、リーチの亜流と見なされたことが気にかかって、なかなか陶芸一本に絞る決意もつかない。

そんな時に荒男が結核に感染して、須磨の療養所に入ったと聞いたのだ。研究に根を詰め過ぎて疲れが溜まっているところに、患者から感染したらしい。

憲吉は自分の時には、あれほど見舞ってもらったのに、頑張り屋の荒男が弱っている姿は見たくなかった。

まして荒男は、自分の腸チフスをきっかけに、伝染病の研究に踏み出した。自分が病気にならなければ、荒男が結核に感染することもなかったのだ。それが悔やまれて、たまらなかった。気持ちが乗らないまま、見舞いを先送りにしているうちに、勤三に引きずられて、須磨浦まで出かけて行ったのだった。

憲吉は倉の中で、木製の椅子に腰かけたまま、話を終えた。

「おっちゃんの長い話と比べると、ちっぽけな話やけど。これが今までの僕の人生ですわ」

「なるほどな」

勤三はソファから背中を起こし、少し前かがみになって両手を組んだ。

「新しい時代に移り変わってく中で、あらゆることに、ひずみが生じる。わしらが奈良県の独立に苦労したのも、そのひずみのせいや」

「ひずみ?」

「文化や歴史は変わらんのに、政治形態だけが急に変わっていって、人が変化についていかれんで、ぎくしゃくしたんや」

「なるほど」

「芸術もそうやないか。伝統工芸は徒弟制度で技を身につけるし、決まりごとの中で物を作る。けど、おまえの作っとるもんは、そうゆう枠組みからはみ出した新しい世界や。せやから、いろいろひずみが生じて、苦しまなあかんのやろな」

従来の陶芸の世界では、ある地方の名だたる窯に入門したら、基本的に親方の作風を踏襲《とうしゅう》し、陶工はそれを守って生涯を送る。

その点、憲吉は、あちこちの窯を見て歩き、なんとか頼み込んで技術を教えてもらったり、手探りで手法を見出したりしてきた。

「おまえは、そうゆうやり方を選んだのやから、これからも自分で苦しんで、自分の世界を見つけるしかないやろな」

「もう充分に苦しんだ気がしますけど」

「まだまだや。たった今、おまえ自身が言うたやないか。おっちゃんの話と比べると、ちっぽけな話やて。それ気づいただけでも、話した甲斐があったやろ。わしみたいに苦労せえ。そしたら見えてくるで」

勤三は自信満々に言ってから、ふいに声の調子を落とした。

「荒男が病気になったんも、昔からの漢方の医療と、新しい西洋の医療の間で、いろんなことが抜け落ちてしもたんやと思う」

漢方医療は手首で脈を診るだけで、基本的に人の体には手を触れない。一方、西洋式の医療は触診を重んじる。

「その代わり、西洋の医者は患者を診るたびに、シャボンや消毒液で手を洗うそうや。けど日本じゃ、なかなか手洗いの習慣が馴染まへんかった」

特に荒男は、患者の眼の前で手を洗うのは患者を汚いものとして扱うようで、つい遠慮してしまったという。

「気分だけは漢方医のままやったんや。荒男が結核にかかったんは、そのせいやな」

いつも前向きで強気な勤三だが、さすがに息子の長患いには、かなり参っている様子だった。

それでも一転、穏やかな笑顔を見せた。

「せやから、あいつの結核は、何もおまえのせいやないんやで。あいつも、おまえを意識しとるけど、それとこれとは別の話や。気にせんでええ」

憲吉は気づいた。昨日、強引に見舞いに連れて行かれたのは、この「気にせんでええ」のひと言を、伝えるためだったのだ。猪突猛進で人のことなど気にかけないようでいて、人の心の奥にまで気を配ることができる。それが今村勤三だった。

勤三は生真面目な口調に戻った。

「明治維新は明治元年だけで成し遂げられたわけやない。その五年も前に天誅組ゆう助走が始まって、明治になってからも医学や芸術や、あらゆる分野で変化やひずみが続いてる。それが落ち着いたところで、ようやく明治維新は、ほんまの意味で達成されるんやろな」

また憲吉に笑顔を向けた。

「けど変えたらいかんことも、あるんやで」

「なんですか？」

「大和の心や。それを作品に込めたら、富本憲吉ならではのものができるんやないか。そんな気がするで」

勤三は、おもむろにソファから立ち上がった。

「いろいろ説教したけどな。年寄りやさかい堪忍してくれ」

倉の出口に向かって歩き出し、不意に足を止めて振り返った。

「そうゆうたらな、再来年、わしと笹野の金婚式や。それまで夫婦両方が生きとったら、客を招いて祝いをしょう思うてる。たまには女房孝行せんとあかんしな」

「ああ、ええですね。おっちゃんのせいで、おばちゃん苦労しはったし」

「せやな。えらい苦労かけてしもた」

一瞬、目を伏せてから、また顔を上げた。

「その時に、客に引き出物を渡そう思うんやけど、おまえ、何か作ってくれんか」

「引き出物？　品物は何がええですか」

「なんでもええ。皿でも鉢でも。ただし大和の歴史や文化の香りがして、華やかなやつがええな。洗練された芸術品で、持っとったら、先々、これはあの富本憲吉大先生のお作やゆうて、威張れるような引き出物にしてもらいたい」

「そしたら僕が大先生にならんといかんのですね」

「そうゆうことや」

「えらい難し注文やな」

「楽な仕事なんかさせるかい。その代り、祝儀は弾むで」

勤三は、また歩き出した。出口から出ていく直前に、憲吉はその背中に声かけた。

「おっちゃん、おおきに」

勤三は振り返らずに、片手を振った。

「いや、たいした注文やないで」

「それもあるけど、来てくれて、話を聞いてくれて。僕の進む道が、なんとのうわかった気がします。せやから、おおきに」

勤三は満足そうにうなずいて、外へと出ていった。暗い倉の中から見ると、まぶしいまでの後ろ姿だった。


翌々年の大正八年、憲吉は勤三と笹野の金婚式の引き出物として、六十個の盃を制作した。

華やかで洗練されたものをという注文に従って、白磁の底に、ひとつずつ赤の花柄を描き入れた。赤を使うのは、ほとんど初めてだった。

出来上がった盃を見て、勤三は相好《そうごう》をくずした。

「ああ、だいぶええな。ええかっこしいのおまえらしい作品になった」

憲吉は口の端を下げた。

「おっちゃん、だいぶやのうて、ごっつうええて言うてくれへんのですか」

「言うてやりたいけど、まだ言えんな」

「どこが、あかんのです？」

「誰が見ても富本憲吉が作ったて、わかるようにならんとあかん。これも悪ないけど、もうひと息や」

「おっちゃんは厳しいなァ」

一方、笹野は大喜びした。

「えらいきれいな盃やないですか。こんなん引き出物にもろたら、誰でも大喜びしますよ」

だが勤三が制した。

「いや、甘やかしたらあかん。こいつは、もっと伸びるはずや」

そして約束通り、思いがけないほどの祝儀を弾んでくれたし、引き出物をもらった客たちには大好評だった。

美術評論家も憲吉の新境地と認めてくれた。

それからまた模索を続け、五年が経った大正十三年の梅雨時のことだった。

憲吉は倉の鉄扉と窓を開け放ち、雨音を聞きながら、細筆を手にして、一心に壺に向かっていた。勤三が形を褒めてくれた丸い壺だ。

細かい花びら模様を、その表面にひたすら描き込んでいく。びっしりと全体に花びらが描けたら、色を緑に変えて、ひとつひとつに葉を添える。

それができたら、次は雌《め》しべ、さらに雄《お》しべと描いていく。最後は模様の間に残った、わずかな地を赤で埋める。

ひとつの壺の表面に、何百という緻密な花模様を、びっしりと描き入れるのだ。つい最近、憲吉が編み出した新しい技法だった。

わずかな筆のぶれも許されない。大きさもすべて均一でなければならない。一ヶ所でも失敗したら、壺づくりからやり直しだ。

緻密な絵が描けないという引け目を、ずっと抱いていた。でも来年、憲吉は四十歳を迎える。その前に、あえて苦手に挑戦してみようと思い至ったのだ。

根を詰めて壺の下の方の花びらを描いている時だった。窓から雨音に混じって、砂利を踏む足音が聞こえてきた。

誰か来たなと思った瞬間、筆先が滑って花びらの形が乱れた。思わず舌打ちして筆を投げた。足音はいよいよ近づいて、開け放った扉の向こうに人影が現れた。

「憲吉、ええか」

荒男の声だった。憲吉は身を乗り出した。

「珍しな。いつ東京から帰ってきた?」

「さっきや」

荒男は蝙蝠傘《こうもりがさ》を閉じて入り口に立てかけ、倉の中に入ってきた。

荒男が肺病を完治させて、伝染病研究に復帰したのは、一昨年のことだった。須磨浦での療養は、五年もの長きにわたった。

今は東京帝国大学医学部の助教授を務めている。忙しい身で、盆や正月でもないのに、わざわざ東京から帰ってくるとは、憲吉は嫌な予感がした。

「まあ、座れや」

ソファを勧めると、荒男は黙って腰かけた。やはり表情が晴れない。

「おっちゃん、悪いんか」

ここのところ勤三が体調を崩していると、ノトから聞いており、気にはなっていた。

荒男は溜息をついた。

「こっちの医者に、あと半年て言われてしもた」

「ほんまか。おまえも診てやったんか」

「ああ、腹の中に悪いできものができとる。触診でもわかるほど大きなっとるし、半年も持たんかもしれん」

「痛がるんか」

「まあな。少し強い薬を使って、痛ないようにしてやろうと思う。もう七十四やしな」

「そうか」

その時、荒男が、憲吉の前の壺に気づいた。

「珍し柄やな。こんなん作るんか」

「ちょっと試してみてるとこやけど、うまくいかん。失敗ばっかりや」

「今、模様を描いてたんか。邪魔してしもうたな」

「いや、うまくいったこと、いっぺんもないんや。釉薬《うわぐすり》かけて焼いたら、きれいな壺ができそうな気がするんやけどな。これができたら、今度こそ、おっちゃんにも褒めてもらえそうやで」

荒男は、しばらく壺を見つめていたが、視線を憲吉に戻した。

「なあ、この壺、どのくらいで完成する？」

「こんな調子やったら、半年や一年は」

答えている途中で、荒男の問いの意味に気づいた。

案の定、荒男はソファから身を乗り出した。

「もうちょっと早《はよ》ならんか。うちの親父、おまえのことを、えらい気にしとるんや。さっきも聞いとった。近頃、憲吉はどんなもん作っとるんやろて」

荒男の兄弟たちは、それぞれ帝国大学を出て、一流企業で重い地位に就いている。姉妹たちも相応の家に嫁いでいった。荒男の肺病も完治したし、勤三には孫も何人もいて、後顧《こうこ》の憂《うれ》いはないはずだった。

そんな中で、息子の友人にすぎない自分を、いまだ気にかけてくれているとは。

憲吉は小さくうなずいた。

「わかった。どこまでできるかわからんけど、とにかくやってみる」

憲吉は窯の前に立って、耐火煉瓦の外壁に手を当てた。ほのかにぬくもりは残っているが、充分に冷えている。

丸天井の一角から、煙突が空高く伸びる。薪を燃やす時には、その突端から、ゆらゆらと陽炎《かげろう》が立ち上り続ける。それが今はすっかり消えて、突き抜けるような青空が広がる。

周囲に目を向ければ、はるか彼方まで黄金色の稲が実り、風が吹くたびに、その表面が輝くように波打つ。また実りの秋が巡りきていた。

あちこちで稲刈りが始まっており、村の人々が立ち働いている。そのほかにも人の姿が点在するが、ほとんどが動かない。雀《すずめ》よけの案山子《かかし》だった。

憲吉は窯の前に立ち、ひとり言を口にした。

「そしたら、開けてみるか」

アーチ型の出入り口をふさいでいる煉瓦を、鉄鉤《てつかぎ》の先で軽くつついた。少しずれたところで、鉤先に引っ掛けて煉瓦を引き出す。それからは、ひとつずつ手で取り除《の》けていく。

出入り口がぽっかりと口を開け、憲吉は中に入った。ほのかに暖かい。狭い空間の中で、深皿や鉢物が焼き上がっていた。

その中で例の花模様の壺が、三つ並んでいる。ひとつを胸元で抱え、あとふたつは手でつかんで外に出た。

明るい場所で見ると、一見、見事な色合いが出ていた。ふたつを地面に置いて、ひとつずつ全体を確かめた。

くるりと手の中で転がして、反対側を見て落胆した。

「あかん」

一部に色むらが出ていた。

ほかのふたつも同じで、憲吉は肩を落とした。

あれから懸命に細密画を稽古し、ようやく一点の失敗もなく、花模様が描けるようになった。しかし焼いてみると、今度は全体が同じ色に焼き上がらない。

大きな絵をひとつだけ描く場合には、たとえ色むらが出ても、それも風合いになる。だが全体の花模様が、一部だけ白茶けていたら、明らかに失敗作だ。絵付けから焼きまで、今までになく難しい技法だった。

失敗作は残しておくわけにはいかない。ひとつずつ地面にたたきつけて割った。三つめを手にした時に、すぐ近くから声をかけられた。

「待ってください」

振り返ると、笹野だった。すっかり白くなった頭を下げて、遠慮がちに言う。

「新しい作風のを作ってはるって、荒男が言うてましたけど、それですか」

憲吉は壺を手にしたままで答えた。

「そうです。けど、納得のいくもんが、できんのですわ」

「割るの、ちょっと待ってもらえませんか」

「けど、ここに色むらが」

「こっちから見たら、きれいやし」

笹野は、わずかな色むらで割ってしまうのを、しきりに惜しんだ。

「前に荒男が帰ってきた時に、私に頼んでいったんです。うちの人の病気、だんだん痛みが強うなっていくと、薬も増えてくし、最後は眠ってしもうて、起こしても話ができんようになるから、そうなる前に憲吉さんの新しい作品、見せたってて」

医者からは明日辺りから、いよいよ薬を増やすと伝えられたという。

「せやから、これを見せてもらえませんか」

だが憲吉としては失敗作を見せたくはない。壺を手にしたままで聞いた。

「もしも明日、薬を増やさへんかったら、おっちゃん、どないなるんでしょう」

「そうとう苦しむて、お医者さんに言われてます」

もういちど作り直すとすれば、成形してある壺を使ったとしても、絵付けに一日、焼きには三日、窯が冷えるのに、また三日を要する。どんなに急いでも一週間はかかる計算だ。

憲吉の作品のために、一週間も勤三を苦しませるのは忍びない。いっそ、これを見せようかとも思う。でも。

「もしよかったら、おっちゃんと話させてもらえませんか」

笹野は失敗作を目で示した。

「やっぱり、これやったら、あきませんの？」

「おっちゃんが失敗作でもええて言うたら、すぐにこれを持っていきます。けど待ってくれると言うてくれはったら」

笹野の表情は険しかった。もし、そうなったら七転八倒する夫を、かたわらで見守らなければならない。それもまた死に値する苦しみに違いなかった。

それでも笹野らしく気丈に答えた。

「わかりました。そしたら話してみてください」


今村家の座敷で、勘三は眠っていた。短期間で驚くほど憔悴《しょうすい》しており、目が落ち窪《くぼ》み、頬がこけていた。

「お父さん、お父さん、憲吉さんが来はりましたよ」

笹野が声をかけると、勘三はゆっくりとまぶたを開けた。そして辺りを見まわして、憲吉の顔に目を留めた。

「新し作品、でけたか」

声がかすれていた。

そんな弱々しい姿を目の当たりにすると、失敗作でもいいから、今すぐ持ってきたいという衝動に駆られる。だが、かろうじて事情を話した。

「できはしたんやけど、まだ上手く焼けんのです。色むらができてしもうて」

「そうか。わしが死ぬまでに、上手く作って見せてくれよ」

「おっちゃん、あと一週間だけ待ってくれへんか。そうとう苦しい思いをするらしいんやけど、しっかり待っとってくれんか」

するると勤三は微笑んだ。

「待ってるで。一週間でも十日でも」

肩で息をつきながら苦しげに言う。

「わしも大和の男や。苦しくてもかまへん。その代わり、完璧なのを持って来いよ」

憲吉は深くうなずき、家まで駆け戻った。

そして、さっきの失敗作を両手でつかみ、頭の上まで高々と持ち上げて、力いっぱい地面にたたきつけた。壺は粉々になって、破片が飛び散った。

それから倉に飛び込んで、成形してあった壺に花模様を描き始めた。すさまじい集中力で、確実に同じ絵柄を繰り返した。

窯出しの朝を迎え、出入り口の煉瓦を外して、おそるおそる中に入ってみた。薄暗い窯の中央に、たったひとつだけ壺が置いてある。

ひと晩で絵つけを終えた壺だ。驚異的な速さで、一点の筆のぶれもなく、完璧な絵つけだった。

焼き上がった壺の口に手をかけて、恐る恐る持ち上げた。暗がりで見る限りでは、うまく焼けている。逸る心を抑えて、胸元に抱きかかえて外に出た。

もういちど明るい太陽の下で見た。くるくると一周させ、裏返して底の周囲も見た。完璧だった。どこにも色むらは見つからず、すべてが美しく仕上がっている。とてつもない喜びが湧き上がる。

その場に用意してあった風呂敷に急いで包み、胸元に抱えて走り出した。だが転んではいけないと気づいて、注意深く歩を進めた。

今村家の玄関に立った時、奥の座敷から笹野の切羽詰った声が聞こえた。

「先生、痛み止めをしたってください」

だが勤三のかすれ声が続く。

「ま、待て。憲吉が来る。もうじき来るさかいに」

憲吉は履いていた下駄を蹴り上げるようにして脱ぎ、玄関を駆け上がって、奥座敷に走った。

そこでは勤三が布団から転がり出して、もがき苦しんでいた。笹野は懸命に、その背中をさすっている。

かたわらには医者が座り、薬の青い小瓶から、今まさに注射器に薬液を移そうとしていた。

憲吉は立ったままで叫んだ。

「おっちゃん、できたでッ」

すると勤三は突っ伏していた顔を上げた。眉はしかめているが、かすかに口元が笑っている。

「待っとったで」

憲吉は枕元に滑り込み、もどかしい思いで風呂敷の結び目を解いた。絹地がするりと落ちて、繊細な花模様の壺が現れた。

勤三は左手で腹を抑えながら、右手を伸ばして壺に触れた。

「ああ、ごっつう、ええな」

なおも眉はしかめつつも、嬉しそうに笑った。

「とうとう、でけたな。これなら誰が見ても、富本憲吉の作品やて、わかるな」

また激しい痛みが襲い、背中を丸めて苦しがる。憲吉は慌てた。

「おっちゃん、もう注射してもらお。先生、はよ注射を」

だが勤三は片手を横に振った。そして痛みをこらえて言った。

「まだや。寝てしもうたら、せっかくの傑作が見られへんやないか」

そして震える手で壺を一周させて聞いた。

「この絵柄、どうやって思いついたんや」

「最初は法隆寺の回廊で、軒下《のきした》の垂木《たるき》を眺めてて、繰り返しが美しなあと思うたんや」

屋根が長く続く限り、軒下の垂木が連なっている。見慣れた光景なのに、その連続性に美を見出したのだ。

「その足で家に帰る途中、道端に野の花が咲いとった。名前も知らんかったけど、健気《けなげ》で可憐に見えて、急いで鉛筆でスケッチした。その時、花の絵を繰り返して、柄にしたらええかなて思いついたんや」

勤三は、また嬉しそうな顔をした。

「やっぱり題材は大和にあったんやな。大和のお寺と、大和の自然や。それを作品にしたんが大和の男や」

肩で息をつきながら言葉を継ぐ。

「荒男が郡山中学に入った頃に言うてた。富本憲吉は天才やて。その時に、わしは言うたんや。天才かて努力せんと、ものにはならへんのやでて」

そして憲吉に優しい目を向けた。

「おまえは努力した。頑張って、この作品にたどり着いた。立派や」

憲吉の喉元に熱いものが込み上げる。

「おっちゃんのおかげや。おっちゃんが厳しく言うてくれたからや」

勤三は首を横に振った。

「いいや、富本憲吉の本来の力や」

また激しい痛みに襲われ、勤三は全身を震わせ始めた。

笹野が、ふたたび注射を促した。

「先生、お願いします」

もはや勤三は拒まなかった。

医者は薬液を注射器に吸い上げ、勤三の痩せ衰えた腕に針を指した。

注射が終わると、なおも苦しみながらも、勤三は笹野の手を借りて布団に横たわった。手振りで、枕元に壺を置くように示す。その通りにすると、少し痛みが収まったのか、愛しげに壺を見つめた。

「更紗《さらさ》の柄みたいやな」

更紗とはインドや南アジアが原産の細かい模様の布だ。

憲吉は勤三の顔を覗き込んだ。

「そしたらこの手の作品は、更紗て呼ぶことにするわ。おおきに名前までつけてもろて」

「これやったら、東京でも勝負かけられるな」

そして笹野に目を向けた。

「荒男と憲吉はな、これからも切磋琢磨して偉なるで。荒男は自分の病気の経験を生かして、日本一の研究者になるやろし、憲吉は日本一の芸術家になる。ふたりとも、大和の誇りになるんや」

笹野が泣き笑いの顔になる。

憲吉は勤三の言葉に胸を突かれた。これほどまでに叱咤激励してくれたのは、憲吉と荒男に大和の誇りになってほしかったからなのだ。過去の歴史を誇るだけでなく、未来にも誇りをつなげたかったのだ。

憲吉は涙声で言った。

「おっちゃんこそ、大和の誇りや」

勤三はかすかに微笑んだが、眠気に襲われたか、少し呂律《ろれつ》がまわらなくなった。

「ええもん、見せてもろた。笹野と、いっしょに、大和の、ええもん、見て、ほんまに」

言葉の途中で眠りに入っていった。

それからは時折、目を覚ましては、少量の水を口にするくらいで、長い眠りが続いた。

そして大正十三年十月二十六日、遠い世界に旅立った。享年七十四だった。


翌年、荒男は大阪帝国大学の教授に栄転した。阪大でもBCGの研究に力を注ぎ、結核の予防に努めた。

同じ年の十一月、富本ノトが往生を遂げた。その一周忌を待って、憲吉は東京に居を移した。

更紗模様は花柄だけでなく、幾何学模様も含め、皿や花瓶にも描かれ、富本憲吉の名を一挙に高めた。

それからまた歳月を経て、昭和二十一年、荒男は六十歳で、戦後初の大阪大学総長の座についた。それまでの総長が公職追放になり、荒男に役目がまわってきたのだ。

その後、憲吉は七十歳の時に、日本で最初の人間国宝の栄誉に浴し、荒男は七十四歳で文化功労者に認定された。特に人間国宝は、富本憲吉を顕彰するために設けられた制度だともいわれている。

亡くなったのは憲吉が先で七十八歳。荒男は八十一歳の天寿をまっとうした。大和の男たちは、まさに切磋琢磨して生涯を送ったのだった。

この作品は書き下ろしです。

企画協力　奈良県安堵町
装画　蓬田やすひろ
装幀　新潮社装幀室

大和維新《やまといしん》

二〇一八年九月二〇日　発行

著　者　植松《うえまつ》三十里《みどり》
発行者　佐藤隆信
発行所　株式会社新潮社
東京都新宿区矢来町七一
郵便番号一六二―八七一一
電話　編集部（03）三二六六―五四一一
　　　読者係（03）三二六六―五一一一
http://www.shinchosha.co.jp
印刷所／株式会社光邦
製本所／加藤製本株式会社
乱丁・落丁本は、ご面倒ですが小社読者係宛お送り下さい。送料小社負担にてお取替えいたします。
価格はカバーに表示してあります。

© Midori Uematsu 2018, Printed in Japan
ISBN978-4-10-352081-8　C0093

遺訓
佐藤賢一

西南戦争前夜。沖田総司の甥・芳次郎は、旧庄内藩の家老たちから西郷隆盛の護衛を命じられる。青年剣士の成長を描き、「武士の本懐」に迫る感動の時代長篇。

球道恋々
木内昇

明治39年、平凡に勤める銀平に母校野球部コーチ就任の依頼が舞い込んだ。一度は封印した球道に再び目覚める銀平。野球草創期の熱気と人生の喜びを描く痛快作！

カズサビーチ
山本一力

「本船はこれより、エドへ向かう！」ペリー来航の8年前、浦賀に入港したアメリカ船が存在した。知られざる日米交流秘史を双方から描く興奮必至の歴史長編。

茶筅の旗
藤原緋沙子

大名好みの極上茶を仕立てる宇治の御茶師。戦国の世は彼らにも戦さを強いた。茶の湯をめぐる知られざる闘いと乱世に立ち向う若き女茶師・綸の成長を描く時代長篇。

大奥づとめ
永井紗耶子

お手つきにならずとも、栄達の道あり――。衣装係、文書係、日用品差配役など、様々な職種で「大奥三千人」を支える女達。仕事に生きる、その苦楽を描く連作短編集。

白き糸の道
澤見彰

江戸時代後期、養蚕業の発展に人生をかけた一人の女がいた。実母、そして娘に愛想をつかされても、仕事に邁進し続けた元祖シングルマザーを描いた書き下ろし長編。